Dirgelwch Llys Undeg

HELEN EMANUEL DAVIES

atebol

'Na, popeth yn iawn, do'n i ddim yn gwneud unrhyw beth pwysig. Tomos a fi oedd yn cael sgwrs fach . . .' Gwrandawodd eto. 'Bore Sul, wyth o'r gloch. Iawn, fe fydda i'n barod. Hwyl, cariad.'

Trodd Mam at Tomos, a golwg benderfynol yn ei llygaid. 'Sori, Tomos, ond mae hyn yn bwysig. Mae'r cwmni wedi cael cyfle i wneud cais am gytundeb mawr, ac mae Dafydd yn awyddus i fi fod yn gefn iddo yn y cyfarfodydd. Mae'n rhaid i fi fynd i Fanceinion gydag e fore Sul . . .' Yna ychwanegodd yn ddidaro, 'Fe fydd digon o amser i ni fynd i ffwrdd i rywle rywbryd arall. Ti ddim yn hoffi'r pizza 'na? Dwyt ti ddim wedi bwyta bron ddim.'

'Dw i ddim ishe bwyd,' meddai Tomos yn sarrug. Cododd oddi wrth y bwrdd a mynd allan o'r stafell.

Caeodd ddrws y gegin â chlep a rhuthro i'w stafell wely ym mhen draw'r fflat. Yno gorweddodd ar ei wely a chladdu'i wyneb yn y gobennydd. Teimlai ddagrau hallt yn llenwi ei lygaid. Doedd e ddim eisiau i Mam ei weld yn crio, ond roedd y siom yn ofnadwy. Roedd e wedi edrych ymlaen cymaint at fynd i ffwrdd am wyliau.

Cyfrifydd oedd Carys Griffiths, ac roedd hi'n gweithio i gwmni lleol. Roedd hi'n dda iawn wrth ei gwaith, a phennaeth y cwmni'n meddwl llawer ohoni. A dweud y gwir, roedd y pennaeth yn cymryd diddordeb *mawr* ynddi oherwydd roedd y ddau'n gariadon. Roedd Carys yn ennill cyflog da iawn a Tomos a hithau'n byw mewn fflat foethus mewn rhan ffasiynol o dre Porthmawr. Roedd gan Tomos ei stafell ei hun â'r waliau wedi'u gorchuddio â phosteri o'i hoff chwaraewyr o dîm pêl-droed Elyrch Abertawe. Roedd ganddo deledu, cyfrifiadur a llwyth o gêmau ac offer electronig. Yn ddiweddar, ar ei ben-blwydd, roedd Mam wedi prynu *iPad* iddo, ac roedd Tomos wrth ei fodd.

Roedd Llŷr, ei ffrind gorau, yn eiddigeddus iawn o'r holl declynnau newydd oedd gan Tomos, ac wrth ei fodd yn dod draw i'r fflat i gael tro arnyn nhw. Doedd Llŷr ddim yn dychmygu am eiliad bod ganddo ef unrhyw beth y gallai Tomos fod yn eiddigeddus ohono. Gan fod tad Llŷr yn sâl, ac wedi methu gweithio ers rhai misoedd, roedd arian yn brin i brynu pethau iddo ef a'i chwaer. Ond pan âi Tomos draw i chwarae gyda Llŷr fe welai'r teulu'n sgwrsio ac yn chwerthin gyda'i gilydd, ac roedd gan fam Llŷr wastad amser i wrando arno a chymryd diddordeb yn yr hyn roedd ei mab yn ei wneud. Er eu bod nhw'n rhoi croeso cynnes iddo, teimlai Tomos yn unig wrth weld y teulu'n hapus yng nghwmni ei gilydd. Ac yn awr, a hithau'n wyliau'r haf, roedden nhw wedi llogi carafán ar lan y môr yn y Bermo, ac roedd Llŷr yn edrych ymlaen yn fawr iawn at fynd.

Fydda i ddim yn gweld llawer o Llŷr o hyn ymlaen chwaith, meddyliodd Tomos yn drist. Roedd y ddau wedi bod yn ffrindiau ers dyddiau'r ysgol feithrin, a newydd adael yr ysgol gynradd. Ond yn awr fe fydden nhw'n cael eu gwahanu! Roedd Llŷr, Gareth, Macsen, John a gweddill ffrindiau Tomos i gyd yn mynd i Ysgol y Garn, ond roedd yn rhaid i Tomos druan fynd i Ysgol Dafydd Morgan, oherwydd ei fod yn byw mewn rhan wahanol o'r dref. Roedd Tomos wedi gofyn yn daer i Mam ysgrifennu at yr awdurdod addysg i wneud cais iddo gael mynd i Ysgol y Garn gyda'i ffrindiau. Roedd e wedi crefu arni i'w ffonio nhw – ond, fel arfer, roedd Mam yn *rhy brysur*.

'Fe wnaiff les i ti wneud ffrindie newydd. Ysgol newydd, cyfle i gyfarfod â phobl newydd – bydd yn hwyl,' oedd ei hymateb hi.

Ochneidiodd Tomos. Roedd e'n hoff iawn o'i ffrindiau, a fyddai e ddim hyd yn oed yn gweld llawer ohonyn nhw dros y gwyliau. Roedd Llŷr wedi mynd i'r garafán, roedd Macsen a John gyda'u mam-gu yn Llundain, a Gareth wedi mynd i'r Iwerddon i wersylla.

Meddyliodd Tomos unwaith eto am ei gynlluniau gwyliau ef ei hun. Un noson, roedd Mam wedi dod â dyrnaid o daflenni gwyliau iddo gan ddweud, 'Cymera bip ar y rhain. Ble hoffet ti fynd? Dewis di.' Roedd Tomos wedi newid ei feddwl ganwaith – penwythnos yn Rhufain, gwyliau glan y môr yng Nghyprus, wythnos yn Disneyland, Fflorida – beth fyddai orau, tybed? Doedd e ddim yn gallu penderfynu, ac o'r diwedd awgrymodd Mam y gallen nhw wneud penderfyniad munud olaf – trefnu gwyliau a mynd ar yr un diwrnod. Dyna gyffrous!

Ond nawr roedd y cynlluniau hynny'n deilchion. Daeth syniad arall i feddwl Tomos. *Os yw Mam yn mynd i Fanceinion*, meddyliodd, *beth fydd yn digwydd i fi?* Weithiau, pan fyddai'n rhaid i Mam fynd i ffwrdd gyda'i gwaith, byddai Tomos yn mynd i aros gyda Llŷr, ond roedd y teulu eisoes wedi gadael am y garafán.

Ar y gair, daeth cnoc ar ddrws ei stafell a cherddodd Mam i mewn. Roedd hi wedi newid o'r siwt smart a wisgai i fynd i'w gwaith, a bellach gwisgai jîns a siwmper binc. Edrychai'n ifanc ac yn hardd. Roedd ei gwallt golau hir yn rhydd dros ei hysgwyddau, a'i llygaid glas yn gwenu'n siriol. Fyddai neb yn meddwl, o edrych arni hi a Tomos, eu bod nhw'n fam a mab. Roedd gan Tomos wallt coch tywyll, a hwnnw bob amser fel llwyn blêr am ei ben, ac roedd ei wyneb yn llawn brychni haul hyd yn oed yn y gaeaf.

Gwenodd Mam yn garedig ar Tomos. 'Sori, Twm bach,' meddai. Prin iawn y byddai'n galw Tomos yn 'Twm'. 'Dw i'n addo yr awn ni'n dau i ffwrdd i rywle, ond mae'n bwysig iawn 'mod i'n mynd i Fanceinion yr wythnos nesa. Ti'n deall, on'd wyt ti?'

'Wrth gwrs,' meddai Tomos yn otomatig, heb edrych i fyw llygaid Mam. 'Ond beth fydd yn digwydd i fi?' gofynnodd.

'Wel, dw i wedi trio ffonio Mam-gu, ond dw i'n methu cael ateb. Rhaid ei bod hi a Taid i ffwrdd yn rhywle,' meddai Mam. 'Mae hi'n siŵr o ffonio'n ôl cyn hir. Ond mae gen i newyddion da. Mae Wendy wedi cytuno i ddod i aros yma am 'chydig ddyddiau. Ti'n hoffi Wendy, on'd wyt ti?'

'Wendy?'

'Merch Dafydd.' Roedd amynedd Mam yn dechrau pallu'n barod. 'Fe ddaeth hi yma i gael swper gyda'i thad rai wythnose'n ôl. Rhaid dy fod ti'n cofio Wendy! Mae hi adre ar wyliau o Brifysgol Aberystwyth dros yr haf, ac mae hi wedi cytuno i aros yma gyda ti.'

O na! Roedd Tomos yn cofio Wendy'n iawn. Ac roedd e hefyd yn cofio pwy oedd ei chariad. Brett Dixon. Hen fwli mawr oedd e. Roedd yn byw ar yr un stâd â theulu Llŷr, ac roedd ei rieni e'n ei gasáu. *O! Roedd hon yn mynd i fod yn wythnos ddiflas.*

Aeth Mam ymlaen, 'Ond beth am i ni fynd i rywle fory? I'r sinema, falle? Beth hoffet ti ei weld?'

Llonnodd llygaid Tomos. 'Grêt! Mae ffilm newydd Steffan Walinski 'mlaen yn Abertawe. Gawn ni fynd i weld honno?'

'Iawn, ocê. Wrth gwrs, bydd yn rhaid i fi bacio, a darllen trwy'r ffeilie cyn y cyfarfodydd . . .'

Roedd hi'n amlwg nad oedd gan Mam lawer o ddiddordeb yn y cynlluniau ar gyfer y Sadwrn. Gwyddai Tomos yn iawn y byddai hi'n canolbwyntio ar ei gwaith. Ond, ar yr un pryd, roedd yn ysu am gael gweld y ffilm.

Ar ôl i Mam fynd o'r stafell, cododd Tomos ei ffôn oddi ar y bwrdd wrth ymyl y gwely. Pwysodd nifer o rifau, yna gwrando am ateb. Ond dim ond yr un neges ag arfer gafodd e.

'R'ych chi wedi cyrraedd ffôn Gareth Griffiths. Alla i ddim cymryd eich galwad ar hyn o bryd. Gadewch neges ac fe wna i gysylltu â chi.'

'Helô, Dad,' meddai Tomos. 'Ffonia pan wyt ti'n rhydd.'

Roedd rhieni Tomos wedi gwahanu flynydd-oedd yn ôl, a'i dad bellach yn byw ac yn gweithio yn Dubai. Byddai Dad yn anfon anrheg ben-blwydd ac anrheg Nadolig, a byddai Tomos yn ei ffonio ambell waith. Ond anaml iawn y byddai Dad yn ateb nac yn cysylltu'n ôl. Beth am Mam-gu a Taid? Pwysodd rifau eraill ar y ffôn. Ond atebodd neb yr alwad honno chwaith.

Ochneidiodd Tomos a throi at y teledu gan ystyried gwylio DVD o un o hen ffilmiau Steffan Walinski. Roedd e'n edrych ymlaen at weld y ffilm newydd fory – yn enwedig gan fod pawb yn dweud ei bod hi'n ffilm ardderchog.

Y bore wedyn, roedd Mam yn amlwg yn benderfynol o fod yn ei hwyliau gorau. 'Awn ni i Abertawe bore 'ma,' meddai. 'Dw i wedi trefnu apwyntiad gwallt gyda Paul am un ar ddeg. Gei di edrych o gwmpas y siopau am ychydig cyn i ni fynd i'r sinema. Beth yw enw'r ffilm 'na ti ishe'i gweld? Ac ar y ffordd yn ôl fe awn ni i siopa am fwyd er mwyn i ti ddewis beth hoffet ei gael i'w fwyta yr wythnos nesa. Mae Wendy'n ferch ffeind iawn. Dw i'n siŵr y cewch chi dipyn o hwyl gyda'ch gilydd.'

Cripian heibio'n ara deg wnaeth y bore. Bu'n rhaid i Tomos sefyllian o gwmpas am hydoedd tra oedd Mam yn y siop trin gwallt. Ond yn y diwedd fe aethon nhw i'r sinema ac fe fwynhaodd Tomos y ffilm – *Targedu Troiana*. Roedd Steffan Walinski'n actio'n wych, a'r gwaith ffilmio'n gyffrous. Cael a chael oedd hi a fyddai Cai, cymeriad Steffan Walinski, yn curo Meganna, y wrach arallfydol, a'i chiwed o blaned Hadasfforos a oedd yn ymosod ar blaned Troiana. Bu'n rhaid i Cai ddefnyddio'i gyfrwystra er mwyn amddiffyn ei gariad,

Carita, brenhines planed Troiana. Er mwyn cael gwared ar Meganna, roedd yn rhaid i Cai wasgu Botwm y Bwlch i agor Bwlch Anghofrwydd er mwyn sugno'r wrach i mewn iddo. Ond ble roedd Botwm y Bwlch? O'r diwedd, daeth Cai o hyd iddo a diflannodd Meganna i mewn i'r Bwlch. Aaaaaaa! Llwyddodd Meganna i grafangu'i ffordd allan, ond roedd dyfroedd anghofrwydd wedi effeithio arni. Roedd pob cof amdani wedi diflannu o feddyliau ei dilynwyr. Dechreuodd pawb ei herlid hi i'r tywyllwch y tu hwnt i'w planed . . .

Roedd seddau da gan Mam a Tomos, a phan oedden nhw ar eu ffordd allan o'r sinema roedd y ffilm yn dal i gorddi Tomos.

'Welest ti Cai yn hongian o'i gerbyd uwchben Bwlch Anghofrwydd â'r botwm yn ei law? Ro'n i'n siŵr y byddai'n syrthio i mewn!' meddai'n gyffro i gyd.

Doedd Mam ddim yn gwrando. Roedd hi wedi gorfod diffodd ei ffôn yn ystod y ffilm, ac roedd hi bellach yn rhy brysur yn edrych i weld pa negeseuon oedd wedi cyrraedd yn ystod y prynhawn.

'Beth ddwedest ti?' gofynnodd o'r diwedd. 'P'un oedd Cai? Wnest ti fwynhau'r ffilm?

Do'n i ddim yn deall pam roedd milwyr y wrach wedi troi arni yn y diwedd. Oeddet ti?'

Wnaeth Tomos ddim trafferthu i egluro i'w fam.

'Beth am fynd i'r bwyty newydd 'na ar y stryd fawr i gael swper?' awgrymodd Mam. 'Yna fe wnawn ni dipyn o siopa. Rhaid i fi wneud yn siŵr bod digon o fwyd yn y tŷ i ti a Wendy.'

Cawson nhw swper ardderchog yn *Christo's* ar ddiwedd y dydd, a mwynhaodd Tomos ei hufen iâ 'Topin Troiana' yn fawr iawn. Roedd hi'n amlwg fod y dyn oedd yn gweini'n adnabod Mam, ac fe roddodd gryn dipyn o sylw iddyn nhw.

Ond fu dim llawer o sgwrs rhwng Tomos a Mam yn ystod y pryd bwyd. Roedd ei meddwl hi ymhell, a gwyddai Tomos ei bod hi eisoes yn edrych ymlaen at ei thaith i Fanceinion gyda Dafydd.

Ymhen fawr o dro roedden nhw ar eu ffordd adre, a chyn diwedd y siwrnai trodd Mam y car i mewn i faes parcio'r archfarchnad. Prynodd lond troli o brydau parod, llysiau a ffrwythau, sawl math o hufen iâ a nifer o eitemau blasus o'r deli.

'Trît bach i Wendy am fod mor barod i helpu,' meddai'n ysgafn.

Ych a fi! Allai Tomos ddim dioddef salami a chaws glas a pesto.

Gyda'r nos, bu Mam yn brysur yn twtio a pharatoi stafell wely i Wendy, yna aeth i bacio ar gyfer ei thaith i Fanceinion. Doedd dim llawer gan Tomos i'w wneud, felly roedd yn falch o dderbyn neges destun gan Llŷr. 'Bwrw glaw'n drwm ers i ni gyrraedd. Ond mae'r garafán yn grêt a Ffred wrth ei fodd ar y traeth. Pryd wyt ti'n mynd ar dy wylie 'te?'

Gwenodd Tomos wrth feddwl am Ffred, ci Llŷr – mwngrel mawr llwyd oedd e. Roedd ei dafod bob amser yn hongian allan, fel pe bai'n rhy hir i'w geg, ac roedd ganddo lygaid mawr brown â golwg syn ynddyn nhw. *Hoffwn i gael ci*, meddyliodd Tomos. *Byddai'n gwmni i fi a gallwn i fynd ag e am dro . . .* Ond gwyddai na wnâi Mam fyth gytuno i gael ci'n sgrialu trwy ei fflat daclus, fodern, ffasiynol.

Chlywson nhw ddim gair oddi wrth Mam-gu a Taid, ac am ddeng munud i wyth fore Sul, cyrhaeddodd Dafydd a Wendy. Roedd Mam yn barod, a'i bagiau eisoes wrth y drws.

'Haia Carys, sut wyt ti, cariad?' Hwyliodd

Dafydd i mewn trwy'r drws ar gwmwl o bersawr *after-shave* drud. Rhoddodd gusan ysgafn i Mam ar ei boch.

Daeth Wendy i mewn ar ei ôl. Deunaw oed oedd hi, a syllodd Tomos arni'n amheus. Roedd e bob amser yn swil yng nghwmni merched, ac yn ansicr beth i'w ddweud wrthyn nhw, ond cododd ei galon pan wenodd Wendy'n siriol arno. Merch fer oedd hi ac roedd ganddi wallt tywyll byr. Pan oedd hi'n gwenu, dawnsiai ei llygaid yn siriol.

Dechreuodd Mam egluro'r trefniadau roedd hi wedi'u gwneud ar gyfer Wendy, ond meddai honno, 'Peidiwch â phoeni, bydd popeth yn iawn. Fe ddaw Tomos a fi i ben yn wych. Allwn ni ofalu am ein gilydd.' Arhosodd am eiliad cyn ychwanegu braidd yn ansicr, 'Fydd hi'n iawn os bydd ffrind i mi, Brett, yn galw heibio o dro i dro?'

O *na!* meddyliodd Tomos. Doedd e ddim eisiau i Brett Dixon ddod ar gyfyl y fflat, a cheisiodd dynnu sylw Mam a gwneud llygaid mawr arni. Ond sylwodd hi ddim a chytunodd yn ddigon parod i gais Wendy.

'Wrth gwrs, wrth gwrs,' meddai'n galonnog. 'Mae croeso iddo ddod draw. Bydd yn dda i ti a Tomos gael cwmni. Dw i'n ddiolchgar iawn i ti, Wendy, am fod yn fodlon treulio rhan o dy wyliau haf yn aros gyda Tomos.'

Ac i ffwrdd â hi, gan chwythu cusan awyr i gyfeiriad Tomos. Plannodd Dafydd yntau gusan ar foch Wendy a chodi'r bagiau. Diflannodd y ddau allan trwy'r drws.

Wedi iddyn nhw fynd, holodd Wendy, 'P'un yw fy stafell wely i?' Dangosodd Tomos ei stafell iddi, ac aeth Wendy i mewn gan gau'r drws ar ei hôl. Ar unwaith gallai Tomos ei chlywed yn siarad ar ei ffôn. 'Haia Brett, cariad, pryd wyt ti am ddod draw?'

Aeth Tomos i'w stafell ei hun, codi llyfr roedd wedi'i brynu ddoe yn adrodd hanes ffilmio *Targedu Troiana*, a dechrau darllen. Yn fuan roedd wedi ymgolli yn yr hanes, ond yn y cefndir gallai glywed lleisiau. Rhaid fod Wendy'n gwylio'r teledu, meddyliodd. Roedd Tomos yn dal i ddarllen pan glywodd lais Wendy'n galw arno.

'Ti ishe brechdan i ginio?'

Gwell i mi drio bod yn gyfeillgar, meddyliodd, ac aeth i'r gegin gan geisio ymddangos yn hapus. Ond wrth iddo fynd i mewn trwy'r drws, rhewodd y wên ar ei wyneb.

Yno'n gorweddian ar un o'r cadeiriau, a'i draed i fyny ar y bwrdd newydd drud o'r Eidal, roedd Brett Dixon – yn cnoi'n wancus ar frechdan drwchus. Syllodd Tomos arno'n syn.

'Pam wyt ti'n edrych arna i? Cadwa dy lygaid i ti dy hun!' cyfarthodd Brett yn gas, a'i geg yn llawn. Saethodd briwsion i bob cyfeiriad.

'Dere mewn, Tomos,' meddai Wendy. Roedd hi'n amlwg yn gwneud ymdrech i fod yn gyfeillgar. 'Dw i wedi gwneud brechdan salami i ti,' meddai, gan gynnig plât iddo.

'Ond dw i ddim yn hoffi salami,' atebodd Tomos, ac ar unwaith teimlai'n edifar wrth weld y siom ar wyneb Wendy. Chwarae teg, roedd hi'n gwneud ymdrech i fod yn garedig. Ond chafodd e ddim amser i ddweud gair pellach. Cododd Brett ar ei draed, a gallai Tomos glywed ei sgidiau'n crafu'r bwrdd crand. Safodd o flaen Tomos. Roedd Brett yn ddeunaw oed, yn llydan ac yn dal. Gwisgai grys-T heb lewys, a gallai Tomos weld y tatŵs ar hyd ei freichiau.

'Gwranda, llipryn,' meddai'n fygythiol, 'os yw Wendy wedi paratoi brechdan salami i ti, ti'n mynd i'w bwyta hi, deall? Wendy yw dy fòs di'r wythnos 'ma, a ti ddim yn mynd i roi unrhyw drwbl iddi, neu fe fydda *i*'n grac iawn. Ac os ydw i'n grac, fydd hi ddim yn dda arnat ti. DEALL?' Gafaelodd yng ngwar Tomos, fel petai ar fin rhoi cweir iddo, ond meddai Wendy ar unwaith,

'Brett, paid â bod yn gas wrtho fe, plîs.' Trodd at Tomos gan ddweud yn ysgafn, 'Paid â gwrando arno fe, Tomos. Hen dedi bêr yw Brett mewn gwirionedd, ontefe, Brett?'

Edrychodd Tomos ar Brett, a gweld bod ei lygaid tywyll yn gas ac yn galed. *Doedd e ddim yn edrych fel tedi bêr!*

Aeth Wendy yn ei blaen, 'Ond mae hwn yn salami da iawn. Tria dipyn bach. Dw i'n siŵr y byddi di'n 'i hoffi e.'

Estynnodd y plât i Tomos a chymerodd yntau'r frechdan heb ddweud gair. Trodd ar ei sawdl a mynd i'r lolfa i fwyta. *Ych a fi, mae'n gas gen i salami!* meddyliodd. Trodd y teledu ymlaen a fflicio o un sianel i'r llall nes dod ar draws un o hen ffilmiau *Star Trek*. Dechreuodd wylio, gan lwyddo i orffen y frechdan rywsut. Roedd y ffilm yn gyffrous, a doedd Tomos ddim wedi ei gweld o'r blaen. Yna'n sydyn agorodd y drws, a daeth Wendy a Brett i mewn.

'O helô, Tomos,' meddai Wendy, 'do'n i ddim yn gwybod dy fod ti'n gwylio'r teledu.'

Trodd fel petai hi am fynd allan, ond meddai Brett, 'Hei llipryn, mae Wendy a fi ishe gwylio'r teledu nawr. Dw i'n mynd i gyfri i dri, a dw i ishe ti o 'ma, reit? Un . . . dau . . .'

Cododd Tomos ar ei draed a mynd allan.

Brrrr! Brrrr! Yn gysglyd, estynnodd Tomos ei law i ddiffodd y larwm. Doedd bosib ei bod hi'n bryd codi i fynd i'r ysgol yn barod? Doedd e ddim eisiau deffro. Gwasgodd y botwm a throi ar ei ochr. Brrrr! Brrrr! Beth yn y byd oedd yn bod ar y larwm? Pam roedd e'n dal i wneud sŵn?

Agorodd Tomos ei lygaid. Brrrr! Brrrr! *Ond pam yn y byd mae'r larwm yn canu bore 'ma?* meddyliodd. *Does dim ysgol heddiw. Mae'n wyliau haf!* Llonnodd am eiliad, yna cofiodd am Wendy . . . a Brett . . . *ych a fi* . . . Sylweddolodd ar yr un eiliad mai ei ffôn, nid y cloc, oedd yn gwneud sŵn. Neidiodd allan o'r gwely a rhedeg draw at y ddesg lle roedd wedi ei adael dros nos.

'Helô?' Wrth iddo ateb, edrychodd ar y cloc. Dim ond hanner awr wedi saith oedd hi! Pwy yn y byd oedd yn ffonio mor gynnar ar fore Llun yn y gwyliau? Ai Mam oedd yno? Oedd rhywbeth o'i le?

'Haia, Tomos bach,' meddai llais cyfarwydd. Doedd y lein ddim yn dda iawn – swniai fel petai corwynt yn rhuo yn y cefndir – ond llwyddodd Tomos i adnabod y llais ar unwaith.

'Mam-gu!' Diolch byth! O'r diwedd! Diflannodd y blinder o'i gorff a'i lygaid.

'Sut wyt ti?' gofynnodd Mam-gu mewn llais braidd yn ofidus. 'Ydy popeth yn iawn? Dw i'n gweld dy fod ti a dy fam wedi trio ffonio sawl gwaith dros y penwythnos. Oes rhywbeth yn bod?'

'Na, mae popeth yn iawn,' atebodd Tomos, 'ond . . .' Dechreuodd adrodd yr hanes wrth Mam-gu – Mam yn mynd i ffwrdd, neb ar gael i edrych ar ôl Tomos, a Wendy'n cyrraedd. Soniodd e 'run gair am Brett.

Gwrandawodd Mam-gu yn dawel, yna meddai hi'n bendant, 'Reit, rhaid i ti ddod i aros gyda ni ar unwaith. Sori na wnes i dy ateb di a dy fam ynghynt. Mae Taid a fi wedi bod yn brysur iawn dros y penwythnos, ac ro'n i wedi diffodd fy ffôn symudol heb sylweddoli. Fe ddo i draw yn nes 'mlaen i dy nôl di. Mae gyda ni newyddion da – mae pethau cyffrous yn digwydd yn ein bywyd ni.'

Tro Tomos oedd hi i wrando'n astud nawr.

'Wel, yn ddiweddar,' meddai Mam-gu, 'fe benderfynon ni ei bod hi'n hen bryd i ni arafu a byw bywyd mwy hamddenol. Mae Taid wedi bod yn sâl, fel y gwyddost ti, ac mae'n hen bryd iddo gael mwy o amser i fwynhau bywyd. A dyna pam benderfynon ni symud i fyw i lan y môr yn rhywle. Fe roeson ni y tŷ ar werth, ac wel, fe symudodd pethau'n gyflym iawn wedyn – yn rhy gyflym, a dweud y gwir. Ry'n ni wedi cael cynnig da amdano, a nawr rhaid i ni chwilio am gartre newydd ar unwaith. Am y tro, ry'n ni newydd drefnu i rentu tŷ yng Nglan y Mordraeth dros yr haf. Mae dodrefn a phopeth ynddo, felly gallwn ni symud i mewn yn syth.'

'Glan y Mordraeth? Ond . . . dyw hynny ond deng milltir i ffwrdd o Borth-mawr!' meddai Tomos yn llawn cyffro. Roedd e wrth ei fodd.

Ar waethaf y lein wael, gallai glywed Taid yn dweud rhywbeth yn y cefndir a Mam-gu'n chwerthin. 'Glywest ti hynna, pwt?' holodd. Roedd hi'n swnio'n hapus iawn. 'Taid sy'n dweud bod pwll nofio yn y tŷ.'

'Pwll nofio? O grêt! Alla i *wir* ddod i aros gyda chi heddi?'

'Wrth gwrs,' meddai Mam-gu. 'Mae dy daid a fi ar ein ffordd draw nawr – dyna pam dw i'n ffonio mor gynnar. Dy'n ni ddim wedi gweld Llys Undeg 'to – dyna yw enw'r tŷ. Fe awn ni draw yno gynta i gyfarfod â'r asiant a gwneud y trefniadau terfynol, ac yna fe ddown ni'n syth i Borth-mawr i dy nôl di. Wel, mae hyn yn gyffrous, on'd yw e? Ry'n ni'n edrych ymlaen yn fawr iawn!'

Clywyd llais Taid yn y cefndir eto.

'Aros funud, Tomos,' meddai Mam-gu. 'Beth ddwedest ti, Gruffydd?'

Mewn eiliad roedd Mam-gu'n ôl. 'Taid sy'n dweud wrthot ti am gofio pacio dy wisg nofio,' meddai.

'Grêt!' Roedd Tomos uwchben ei ddigon. 'Pryd fyddwch chi yma?'

Unwaith eto, bu trafodaeth rhwng Mam-gu a Taid.

'Tua dau o'r gloch,' meddai Mam-gu. 'Fydd hynny'n iawn?'

'Wrth gwrs,' meddai Tomos. Yna meddyliodd am rywbeth. 'Ond beth am Wendy?' gofynnodd yn ofidus. 'Beth ddyweda i wrthi hi?'

'Paid â phoeni. Fe ga i air â hi,' meddai Mam-gu ar unwaith. Yna ychwanegodd, 'Rhaid i fi fynd nawr. Mae batri'r ffôn 'ma ar fin dod i ben.'

Gwenodd Tomos. Gwyddai o brofiad am helyntion Mam-gu a'i ffôn symudol. Byddai hi'n ei golli, neu'n ei anghofio, neu'n pwyso'r botwm anghywir byth a hefyd. Ac wrth iddo feddwl am newyddion da Mam-gu, roedd ei wên yn lletach fyth. Ond daliai i boeni beth fyddai ymateb Wendy.

Aeth Tomos yn ôl i'w wely a throi popeth yn ei feddwl. Chwarae teg i Wendy, roedd hi'n amlwg yn gwneud ymdrech i fod yn gyfeillgar. Neithiwr roedd hi wedi paratoi swper i'r ddau ohonyn nhw. Doedd dim golwg o Brett, diolch byth.

'Mae Brett yn gweithio i'r bwyty pizza,' meddai Wendy. 'Mae'n mynd â'r pizzas mae pobl wedi'u harchebu i'w tai nhw. Mae e wrth 'i fodd yn gyrru o gwmpas y lle, ac mae'n cael defnyddio car 'i dad nes bydd e wedi cynilo digon o arian i brynu'i gar 'i hunan.'

Roedd Tomos wedi mwynhau ei swper – pastai'r bugail a salad. 'Dw i wrth 'y modd yn coginio,' meddai Wendy wrth weld Tomos yn llowcio'i fwyd, 'ond dw i ddim yn cael llawer o gyfle adre. Mae Dad yn bwyta allan y rhan fwyaf o'r amser, a dyw e byth yn sylwi os dw i'n gwneud ymdrech i goginio pryd arbennig beth bynnag. Allen i roi rhywbeth parod o'r archfarchnad o'i flaen e a fydde fe ddim callach. Gwaith yw popeth i Dad.' Swniai'n siomedig, a gallai Tomos gydymdeimlo â hi. Roedd Mam yr un fath yn union.

A dweud y gwir, heb Brett, roedd Wendy'n gwmni da, a bu'n sgwrsio gyda Tomos am ei phrofiadau yn ystod ei blwyddyn gyntaf yn Aberystwyth. Dywedodd rai o'r pethau doniol oedd wedi digwydd iddi, a soniodd am ei ffrindiau ac am ei huchelgais i fynd i deithio o gwmpas y byd ar ôl iddi orffen ei chwrs. Doedd ganddi ddim llawer i'w ddweud am ei thad, a meddyliodd Tomos ei bod hi, fel yntau, yn byw bywyd digon unig gartref.

Ar ôl cinio, dewisodd y ddau hufen iâ o'r rhewgell fel pwdin. Soniodd Tomos wrth Wendy am yr hufen iâ 'Topin Troiana' roedd wedi'i fwynhau yn y bwyty yn Abertawe, a meddai Wendy ar unwaith, 'Beth am i ni greu topin ar gyfer hwn?' Aeth i'r cwpwrdd i weld beth oedd yno y gallai ei ddefnyddio. Cyn pen dim, roedd wedi creu hufen iâ enfawr â cheirios a banana a siocled wedi'i falu'n fân, a sudd pinafal ar ben y cyfan! Roedd yr hufen iâ'n edrych yn wych, ond y broblem fwyaf oedd ceisio'i fwyta! Erbyn iddyn nhw orffen, roedd gan y ddau fwstás mawr o hufen iâ gwyn a siocled wedi'i falu, ac roedden nhw'n pwffian chwerthin wrth edrych ar ei gilydd!

'Beth am inni gael gêm ar y Wii?' gofynnodd Tomos yn swil, a dyna lle bu'r ddau yn y lolfa am oriau'n cystadlu yn erbyn ei gilydd nes eu bod wedi blino'n lân. Ar ddiwedd y noson, teimlai Tomos y gallai ef a Wendy ddod yn ffrindiau da. Yr unig drueni oedd ei bod hi'n gymaint o ffrindiau â Brett. *Ych a fi*, meddyliodd Tomos. *Dydw i erioed wedi cyfarfod â neb mor annymunol.*

Wrth feddwl am yr holl sbort gafodd e yng nghwmni Wendy, dechreuodd Tomos deimlo'n anghyffyrddus. Beth fyddai Wendy'n ei feddwl am y newid trefniadau? Ddylai e ei rhybuddio hi fod Mam-gu a Taid ar eu ffordd? Na, falle mai'r peth gorau fyddai gadael i Mam-gu egluro'r cyfan.

Gwisgodd yn gyflym a mynd i'r gegin i gael brecwast. Doedd dim golwg o Wendy yn unman. Roedd llestri swper neithiwr yn dal ar y bwrdd, heb eu golchi, felly llwythodd Tomos nhw i mewn i'r peiriant golchi llestri. Yna aeth i estyn y *Coco Pops* o'r cwpwrdd a'r llaeth o'r ffrij. Ond doedd dim llaeth ar ôl. *O na! Brett!* Cofiodd Tomos iddo'i weld yn yfed llaeth ddoe. Rhaid mai fe oedd wedi cymryd y diferyn olaf. Byddai'n rhaid iddo wneud y tro â thost a sudd oren 'te, ond doedd dim cymaint o ots ganddo am hynny, a dweud y gwir. Wedi iddo fwyta rhoddodd weddill y llestri yn y peiriant, a chyn bo hir roedd hwnnw'n hymian yn brysur. Doedd dim sôn am Wendy o hyd. *Rhaid ei bod hi'n cysgu'n hwyr*, meddyliodd.

Aeth Tomos yn ôl i'w stafell i ddechrau pacio i fynd at Mam-gu a Taid. Estynnodd ei fag o ben y wardrob a dechrau rhoi ei bethau ynddo. Roedd y bag bron yn llawn pan gofiodd fod angen iddo bacio'i siorts nofio. Estynnodd nhw o'r drôr isa ac yna roedd popeth yn barod. *A ddylai e fynd â'i gyfrifiadur? A oedd cysylltiad gwe yn Llys Undeg, tybed?* Yn y diwedd, penderfynodd Tomos bacio'i *iPad* beth bynnag.

Edrychai ymlaen at weld cartref newydd Mam-gu a Taid. Tybed sut le oedd e? Doedd

Tomos erioed wedi byw mewn tŷ â phwll nofio ynddo o'r blaen. Trueni nad oedd Llŷr o gwmpas. *Byddai'n hwyl gallu nofio gyda'n gilydd*, meddyliodd.

Erbyn iddo fynd yn ôl i'r gegin, roedd Wendy wedi codi. Eisteddai wrth y bwrdd yn yfed coffi du, a gwenodd yn garedig ar Tomos.

'Felly, beth yw dy gynlluniau di heddi 'te?' gofynnodd. Ond cyn i Tomos gael cyfle i ateb, canodd cloch y drws. Edrychodd Tomos ar ei wats. Dim ond un ar ddeg o'r gloch oedd hi. *Doedd bosib fod Mam-gu wedi cyrraedd mor gynnar?* Ond meddai Wendy ar unwaith, 'Rhaid mai Brett sy 'na. Ddwedodd e 'i fod yn dod draw bore 'ma.'

O na! Doedd Tomos ddim eisiau gweld Brett, felly meddai'n gyflym, 'Dw i'n mynd draw i'r siop i nôl llaeth. A falle af fi i'r parc am dro wedyn.'

Wrth i Wendy agor y drws i groesawu Brett, llithrodd Tomos allan heb edrych arno. Pan oedd yn cerdded at y grisiau, clywodd Brett yn dweud yn ei lais cras, 'Ble mae'r llipryn yn mynd 'te? Da iawn, ta beth. Gawn ni lonydd wedyn. Beth wyt ti'n mynd i'w wneud i fi i frecwast, Wendy cariad?'

Yn y siop, yn ogystal â'r llaeth, prynodd Tomos frechdan i ginio yna aeth i eistedd yn y parc. Roedd hi'n fore braf, a'r lle'n brysur. Crwydrodd o amgylch am sbel, gan wylio plant bach yn bwydo'r hwyaid ar y llyn, a theuluoedd yn cael picnic ar y glaswellt. Doedd e ddim yn adnabod neb oedd yno. Er ei fod yng nghanol pobl, dechreuodd deimlo'n unig. *Tybed pryd fyddai Mam-gu a Taid yn cyrraedd?* Cadwai ei ffôn symudol yn ei law – doedd e ddim eisiau colli galwad Mam-gu. Yn sydyn, dechreuodd y ffôn grynu. Agorodd Tomos y ffôn ar unwaith, ond dim ond neges destun oedd wedi cyrraedd oddi wrth Llŷr. 'Meddwl yr hoffet ti weld llun o Ffred,' oedd y neges, ac ymddangosodd wyneb Ffred y ci ar y sgrin, ei dafod yn ymestyn bron at y llawr a'i lygaid mawr brown yn edrych yn syn fel arfer. Yn y cefndir roedd tonnau mawr yn ei erlid ar hyd y traeth. Allai Tomos ddim peidio â gwenu. Yna'n sydyn cofiodd am rywbeth arall – Mostyn, ci Taid a Mam-gu. Byddai Tomos bob amser wrth ei fodd yn mynd â Mostyn am dro, a falle y byddai Mostyn yn hoffi neidio i mewn i'r pwll nofio hefyd! Bwytaodd Tomos ei frechdan, gan ddal i grwydro o gwmpas y parc. Yna, o'r diwedd, canodd y ffôn eto. Atebodd Tomos ar unwaith. 'Helô?' meddai. Am eiliad ddywedodd neb 'run gair, yna clywai lais Mam-gu'n mwmblan, 'Pam nad yw'r ffôn 'ma'n gweithio 'te, Gruffydd?' a Taid yn ateb, 'Wel, wyt ti wedi gwasgu'r botwm gwyrdd?'

Gwenodd Tomos. 'Helô, Mam-gu,' meddai'n uchel, 'dw i'n dy glywed di.'

'O, Tomos,' atebodd Mam-gu, 'pam na ddwedest ti dy fod ti'n clywed?' Heb aros am ateb, aeth yn ei blaen, 'Ry'n ni ar fin cychwyn draw atat ti. Byddwn ni yno ymhen yr awr. Wyt ti'n barod?'

'Ydw. Wela i chi cyn bo hir,' atebodd Tomos, a chychwyn yn ôl i'r fflat.

Cyn gynted ag yr agorodd y drws, gallai glywed chwerthiniad Brett yn dod o'r lolfa. O na! Roedd e'n dal yno! Ceisiodd Tomos gerdded ar flaenau'i draed i'w stafell i nôl ei bethau, ond roedd Wendy wedi ei glywed.

'Tomos?' galwodd.

Gan lusgo'i draed, aeth Tomos i'r lolfa. Doedd e ddim eisiau siarad â Brett. A doedd e ddim eisiau sôn wrth Wendy am y newid cynlluniau o flaen Brett chwaith.

'Wyt ti wedi cael rhywbeth i'w fwyta?' gofynnodd Wendy iddo gan wenu.

'O, do, diolch,' mwmianodd Tomos, 'ges i frechdan yn y parc. A dw i wedi prynu llaeth hefyd.'

'Diolch, Tomos. Dw i bron â thagu ishe paned o de. Beth wyt ti am wneud am weddill y dydd, 'te?' gofynnodd Wendy.

O na! Bydd yn rhaid i fi egluro, meddyliodd Tomos. Ond cyn iddo gael cyfle i agor ei geg, meddai Brett yn gas,

'Aros allan o'r ffordd, dyna'r peth gorau allet ti neud. Mae Wendy a fi ishe gwylio'r teledu fan hyn. Felly, hegla hi.'

Camodd yn fygythiol tuag at Tomos, ac aeth yntau wysg ei gefn allan o'r lolfa.

Wrth iddo fynd â'r llaeth i'r gegin, gallai glywed Wendy'n dwrdio, 'Brett, sdim ishe bod mor gas. Dw i'n hoff iawn o Tomos. Mae e'n fachgen ffein.'

Prin roedd Tomos wedi eistedd yn ei stafell pan ganodd y gloch eto. Rhuthrodd i agor y drws, a dyna lle roedd Mam-gu a Taid yn gwenu'n llydan.

'Haia, Tomos!' meddai Taid yn dalog. 'Aros nes gweli di Lys Undeg! O, fe fyddi di wrth dy fodd!'

'Ti'n barod?' meddai Mam-gu. 'Gwell i ni beidio â bod yn hir. Mae Mostyn yn y car, a bydd e'n cyfarth os caiff e 'i adael am fwy na 'chydig funudau. Ble mae dy fag di?' Rhedodd Tomos i'w nôl, ac yna meddai Mam-gu, 'Ti am i fi ddweud wrth Wendy?'

'Dweud beth?' Wrth glywed lleisiau, roedd Wendy wedi dod at ddrws y lolfa. Edrychodd yn syn wrth weld Taid a Mam-gu, a Tomos yn dod allan o'i stafell wely â'i fag yn ei law. Y tu ôl iddi safai Brett, a'i geg yn llawn bwyd unwaith eto. Yn un llaw roedd brechdan drwchus ac yn y llall roedd can o shandi.

Syllodd Mam-gu ar Wendy, yna edrych heibio iddi ar Brett. Ciliodd y wên o lygaid Mam-gu.

'Tomos? Ble wyt ti'n mynd?' holodd Wendy mewn penbleth.

Teimlai Tomos yn annifyr. Dechreuodd egluro, 'Ym, wel, dyma Taid a Mam-gu. Ffonion nhw'n gynnar bore 'ma. Maen nhw wedi symud i fyw i Lan y Mordraeth, ac maen nhw ishe i fi fynd i aros gyda nhw. Ches i ddim cyfle i ddweud . . .'

Torrodd Mam-gu ar ei draws. 'Do, ffoniais i bore 'ma. Ry'n ni wedi rhentu hen blasty bach dros yr haf. Gan fod 'i fam e wedi mynd i ffwrdd, roedden ni'n meddwl y byddai'n syniad da i Tomos ddod i aros gyda ni. Bydd yn gyfle da i ni weld mwy ohono, ac mae digonedd o le yn Llys Undeg . . .'

'O, wrth gwrs,' atebodd Wendy, 'ond ym . . . gofynnodd Carys i mi ddod i aros yn y fflat tra oedd hi i ffwrdd. Beth wna i nawr? Ym . . . fydd hi'n iawn i mi aros yma?'

Edrychodd Mam-gu'n ansicr. 'Wel, dw i ddim yn siŵr . . .'

'Ond alla i ddim mynd adre. Mae Dad wedi gofyn i adeiladwyr wneud gwaith yn ein tŷ ni'r wythnos 'ma . . .'

'Wel, wrth gwrs, rhaid i ti aros yma 'te,' meddai Mam-gu gan wenu. 'Gallet ti ofalu am y fflat nes bod Carys yn dod adre. Sdim angen i ti fecso. Fe wna i 'i ffonio hi heno i egluro'r newid yn y trefniadau.'

Doedd Brett ddim wedi dweud gair hyd yn hyn, ond yn sydyn llyncodd ddarn enfawr o'i frechdan a thorri ar draws y sgwrs.

Roedd hi'n amlwg mai gwneud ymdrech i fod yn gyfeillgar oedd e. Meddai mewn llais seimllyd, a gwên ffug ar ei wyneb, 'Ble mae'r tŷ rhent 'ma? Glan y Mordraeth, ife? Mae 'na dai braf iawn fan 'ny. Llys Undeg ddwedsoch chi? Ydy e ar lan y môr?'

'Nac ydy,' atebodd Taid yn gwrtais, 'ond mae 'na bwll nofio yno.'

'Pwll nofio?' Goleuodd llygaid Brett. 'O, wel, falle y bydd Wendy a fi'n galw draw i'ch gweld chi 'te,' meddai gan geisio swnio'n ddidaro, 'i wneud yn siŵr bod Tomos yn iawn ac ati,' ychwanegodd yn frysiog.

Doedd Mam-gu – oedd yn graff iawn am adnabod cymeriad pobl – ddim yn edrych yn fodlon iawn. 'Gawn ni weld, ife?' meddai'n siarp. 'Dere, Tomos,' ychwanegodd, 'mae'r ci'n disgwyl amdanon ni yn y car. Rhaid i ni beidio â bod yn hir.'

Wrth iddyn nhw gerdded at y car, meddai hi wrth Taid, 'Do'n i ddim yn hoff o olwg y bachgen 'na o gwbl. Gobeithio *na* ddaw e draw. Trueni dy fod di wedi sôn am y pwll nofio, Gruffydd.'

'Paid â phoeni, Elen,' atebodd Taid gan wenu. 'Bydd popeth yn iawn, gei di weld. Ti'n poeni gormod.' Winciodd ar Tomos.

Roedd Taid bob amser yn gweld yr ochr orau ar bobl. *Ond dw i'n cytuno â Mam-gu ynghylch*

Brett, meddyliodd Tomos. Roedd e'n falch iawn o gael mynd yn ddigon pell oddi wrth y bwli.

Wrth iddyn nhw nesáu at y car, clywsant sŵn udo truenus yn llenwi'r awyr. Beth yn y byd oedd e?

'O na,' meddai Mam-gu. 'Mostyn!'

Dechreuodd redeg tuag at y sŵn, a Taid yn rhuthro ar ei hôl. Roedd Tomos yn dynn ar eu sodlau, yn pwffian chwerthin wrth gario'i fag ar ei gefn. Pan fyddai Taid allan o'i olwg am fwy na phum munud, byddai Mostyn yn cael panig ac yn credu ei fod wedi diflannu am byth, a byddai'n udo, ac yn udo, ac yn udo . . .

Mam-gu oedd y cyntaf i gyrraedd y car, yn brin iawn ei hanadl. 'Bydd dawel, Mostyn, y ci dwl,' meddai'n uchel, ac ar unwaith dechreuodd Mostyn gyfarth ei groeso iddi. A phan welodd Taid a Tomos yn dod hefyd, bu bron iddo fynd yn wallgo, gan siglo'i gynffon a cheisio gwthio'i dafod hir allan trwy ffenest led-agored y car. Roedd ei geg ar agor fel petai'n gwenu'n llydan.

Llithrodd Tomos i mewn i'r sedd gefn wrth ochr y ci, gan dynnu'i fag i mewn ar ei ôl, ac ar unwaith peidiodd y cyfarth. Ci blewog brown oedd Mostyn – yn wir, roedd ei flew mor hir fel mai prin y gallech chi weld ei glustiau. Mynnodd ddringo i gôl Tomos, a dechrau llyfu'i wyneb.

'Paid, Mostyn!' meddai Tomos gan chwerthin a cheisio'i wthio i ffwrdd. Taniodd Taid injan y car. Roedden nhw ar eu ffordd i Lys Undeg! Hwrê!

Chafodd Tomos fawr o gyfle i edrych o'i gwmpas ar y daith, rhwng ei fod yn gorfod dal Mostyn yn llonydd ar y sedd ôl ac ateb Mam-gu wrth iddi ei holi'n ddi-baid am bopeth dan haul. Ddywedodd Taid 'run gair, ond trwy ddrych y gyrrwr gallai Tomos ei weld yn gwenu'n ddireidus. Ymhen rhyw ugain munud, arafodd y car a throi i'r dde. Teithion nhw am ychydig ar hyd lôn gul, ac yna trodd Taid i mewn i ddreif tywyll. Tyfai coed tal bob ochr i'r dreif gan ffurfio to o frigau a dail drosto, fel petaen nhw'n mynd trwy dwnnel. Yna, yn ymyl hen dderwen fawr, daeth tro yn y dreif, ac yn sydyn roedden nhw allan yn yr haul ac yn arafu o flaen Llys Undeg.

Plasty bychan iawn oedd e, ei ddrws o bren tywyll yn union yn y canol, a phileri gwyn bob ochr iddo. Rhifodd Tomos naw o ffenestri yn ffrynt y tŷ, dwy y naill ochr a'r llall i'r drws ffrynt, a phump ar y llawr uchaf. Roedden nhw'n syllu allan dros y lawnt fel llygaid gwag. Ond yna, yn sydyn, meddyliodd Tomos iddo weld, trwy gil ei lygad, symudiad yn un o ffenestri'r llawr uchaf – y ffenest olaf ar y dde. Craffodd yn ofalus, ond doedd dim i'w weld. *Rhaid mai dychmygu wnes i*, meddyliodd.

'Oes rhywun yn y tŷ nawr?' gofynnodd i Mam-gu.

Edrychodd honno'n rhyfedd arno. 'Wel nac oes, wrth gwrs,' atebodd. 'Ein tŷ *ni* yw e am yr haf. Does neb arall yn byw 'ma.'

Teimlai Tomos yn dipyn o ffŵl – wrth gwrs nad oedd neb yno! Trodd i edrych i'r cyfeiriad arall. O flaen y tŷ roedd lawnt fawr a gloywodd ei lygaid wrth ddychmygu'i hun yn chwarae pêl gyda Mostyn fan hyn. Byddai'n faes pêl-droed gwych iddo ef a Llŷr hefyd!

'Gaiff Llŷr ddod yma ar ôl iddo ddod adre o'i wylie?' holodd.

'Wrth gwrs,' atebodd Taid. 'Dw i'n cymryd bod y lle'n dy blesio di 'te?' chwarddodd.

'Wel, mae digon o le yma i chwarae pêl-droed,' meddai Tomos.

'Dere,' meddai Mam-gu gan dynnu'r allwedd

o'i bag, 'awn ni i mewn. Dim ond cip cyflym gawson ni ar y lle cyn i ni gychwyn allan i dy nôl di, felly dw i ishe edrych o gwmpas yn ofalus.'

Aethon nhw i mewn trwy'r drws derw mawr a'u cael eu hunain yn y cyntedd eang. Roedd yr ychydig ddodrefn oedd yno'n henffasiwn, ond roedd popeth yn lân ac yn gyffyrddus yr olwg. Aethon nhw ymlaen i'r gegin – stafell fawr â bwrdd o bren tywyll a phedair cadair o'i amgylch, pob un yn wahanol i'w gilydd. Roedd dresel wedi'i pheintio'n wyrdd ar hyd un wal a honno'n llawn llestri lliwgar. 'Hm,' meddai Mam-gu, 'sdim peiriant golchi llestri 'ma, ond mae 'na oergell fawr. Mae hynny'n beth da.'

Roedd tair stafell arall ar y llawr isaf, gyda theledu a sawl cadair gyffyrddus yn un ohonyn nhw. Yn yr ail stafell roedd rhagor o gadeiriau esmwyth a nifer o gypyrddau gwydr, ac yn y drydedd roedd bwrdd ac wyth cadair. Aeth Tomos a Mam-gu i fyny'r grisiau, gan adael Taid yn eistedd ar un o'r cadeiriau cyffyrddus.

Ar y landin roedd tri drws ar agor – dwy stafell wely digon cyffyrddus yr olwg, a stafell ymolchi. Roedd popeth yn henffasiwn ond yn olau a glân a chroesawgar.

Meddai Mam-gu, 'Pan oedden ni'n mynd o gwmpas y lle gyda'r asiant, fe welais i stafell wely fyddai'n dy siwtio di'n iawn. Dere, y ffordd hyn, dw i'n credu.'

Aeth at ddrws yng nghornel y landin a gwelai Tomos goridor cul yn arwain i ben pella'r adeilad. Dilynodd e Mam-gu ar hyd y coridor nes iddyn nhw ddod at stafell wely arall.

Gwyrdd golau oedd y waliau, a'r ffenest yn rhoi golygfa dros y lawnt. Tywynnai'r haul drwyddi gan wneud y stafell yn olau braf. Ar hyd un wal roedd dau wely sengl, un â chwrlid glas tywyll a'r llall â chwrlid gwyrdd. Ar hyd wal arall roedd cwpwrdd mawr ac iddo ddrysau gwyn.

'Meddwl o'n i,' meddai Mam-gu, 'yr hoffet ti fod yn ddigon pell oddi wrth y stafelloedd gwely eraill. Gei di wneud cymaint o sŵn ag y mynni di fan hyn.'

Aeth draw at y ffenest a'i hagor. 'Byddai'n well i ni adael tipyn o awyr iach i mewn,' meddai.

Edrychodd Tomos o'i gwmpas.

'Ac mae gwely sbâr yma hefyd,' ychwanegodd Mam-gu, 'os hoffet ti wahodd ffrind i aros. Ti'n hoffi'r stafell 'te?'

'Ydw, diolch,' meddai Tomos braidd yn ansicr, 'mae hi'n grêt . . .' Ond, mewn gwirionedd, doedd e ddim yn hoffi'r stafell o gwbl. Am ryw reswm, teimlai'n ofnadwy o annifyr, fel petai rhywun yn ei wylio. Ond doedd neb yma heblaw amdano ef a Mam-gu. *Paid â bod yn wirion*, meddyliodd. Roedd Mam-gu'n gwenu arno, a doedd Tomos ddim am ei siomi am y byd. Doedd ganddo ddim dewis, felly – byddai'n rhaid iddo gysgu yma. Gobeithiai y byddai'r teimlad anghysurus yn diflannu ymhen tipyn . . .

'Iawn,' meddai Tomos. 'Hon fydd fy stafell i. Ers pryd mae'r tŷ wedi bod yn wag, tybed?' gofynnodd.

'Ers rhai blynyddoedd, dw i'n credu, pwt,' meddai Mam-gu. 'Ond yn ddiweddar mae rhai gwelliannau wedi cael 'u gwneud er mwyn iddo gael 'i osod ar rent.'

Aethon nhw o gwmpas gweddill y tŷ, ac roedd Mam-gu wrth ei bodd.

'Mae'r asiant wedi paratoi popeth yn dda iawn,' meddai. 'Wrth gwrs, mae'r lle'n henffasiwn, ond fe allwn ni fod yn ddigon cyffyrddus 'ma. Mae popeth sydd 'i angen arnon ni yma, ac mae'r cyfan yn lân ac yn barod ar ein cyfer ni. Nawr, beth am i ti fynd i nôl dy fag, ac fe alli di ddadbacio tra 'mod i'n dechrau paratoi swper?'

Roedd Tomos wedi sylwi ar focs enfawr o fwyd yng nghist y car – yn wir, roedd Mostyn wedi gwneud ei orau glas i'w archwilio yn ystod y daith!

Aeth i nôl ei fag o'r car a'i gario i'r stafell wely werdd. Dechreuodd ddadbacio, gan geisio gwthio'r teimlad anghysurus o'i feddwl. *All neb fod yn dy wylio di*, meddyliodd. *Does neb yma ond ti a Taid a Mam-gu. Paid â bod mor wirion!*

Tynnodd bopeth allan o'r bag, yna cariodd bentwr o ddillad draw at y cwpwrdd mawr ac agor un o'r drysau. Yna safodd yn stond. Doedd dim cefn i'r cwpwrdd, ac roedd y silffoedd wedi'u hoelio ar wal y stafell. Rhyngddyn nhw roedd hen bapur wal. Roedd hi'n amlwg fod welydd gweddill y stafell wedi cael eu peintio'n ddiweddar, ond doedd neb wedi meddwl am beintio dros y papur wal rhwng y silffoedd yng nghefn y cwpwrdd. Papur glas oedd e, a cheir rasio coch a gwyn fel petaen nhw'n rhuthro ar ei hyd mewn rhes.

Rhaid mai stafell bachgen bach oedd hon ar ryw adeg, meddyliodd Tomos. A'r eiliad honno teimlodd gyffyrddiad ar ei ysgwydd. Bu bron iddo neidio allan o'i groen a syrthiodd y pentwr dillad o'i ddwylo i'r llawr. Trodd yn gyflym – ond doedd neb yno.

Er iddo chwilio pob twll a chornel o'r stafell, doedd dim golwg o neb. Gadawodd y pentwr dillad ar y llawr a rhedeg at y drws. Edrychodd allan i'r landin, ond doedd neb yno chwaith. *Paid â bod yn wirion*, dywedodd wrtho'i hun unwaith eto.

Gorffennodd Tomos ddadbacio'n frysiog gan osod ei ddillad driphlith draphlith yn y cwpwrdd mawr. Roedd yn awyddus i gael dianc o'r stafell yma.

Yna cychwynnodd ar ei ffordd ar hyd y coridor tuag at y grisiau. Bang! Beth oedd y sŵn yna? Stopiodd Tomos yn stond. Roedd y sŵn yn dod o gyfeiriad ei stafell, a'r drws ar gau. *Ond wnes i mo'i gau*, meddyliodd. *Fe agorodd Mam-gu'r ffenest, felly rhaid mai'r gwynt sy wedi chwythu'r drws ar gau.* Ond gwyddai nad oedd chwa o wynt nac awel heddiw, ar ddiwrnod heulog, llonydd.

Alla i ddim cysgu yn y stafell 'na, meddyliodd Tomos. *Mae gormod o ofn arna i. Dw i'n mynd i ofyn i Mam-gu a gaf i symud.*

Cyrhaeddodd y gegin. Roedd Mam-gu'n paratoi salad, ac roedd oglau da'n dod o'r ffwrn.

'Mam-gu . . .' cychwynnodd Tomos.

Torrodd Mam-gu ar ei draws. 'Dyma ti, pwt,' meddai. 'Mae 'na sosejys yn y ffwrn, ac fe gawn ni salad gyda nhw. Swper rhwydd am heno. Beth wyt ti'n feddwl o dy stafell? O, ro'n i wrth 'y modd pan welais i hi ac fe feddyliais i ar unwaith, *bydd Tomos yn hoffi hon.*'

Allai Tomos mo'i siomi. 'Y-ydw . . . dw i'n dwlu arni,' meddai'n wan.

Roedd drws yn arwain o'r gegin i'r ardd, ac wrth glywed llais Tomos llamodd Mostyn i mewn â phêl yn ei geg. Gollyngodd hi wrth draed Tomos ac eistedd o'i flaen yn ddisgwylgar gan godi un bawen.

Breuddwyd fawr Mostyn oedd cael chwarae pêl o fore gwyn tan nos; ei broblem oedd nad oedd Taid a Mam-gu'n rhannu'r freuddwyd honno. Ar ôl ychydig funudau, fe fydden nhw'n blino, ond gwyddai Mostyn o brofiad fod Tomos yn un da am daflu pêl, ac roedd yn benderfynol o achub ar y cyfle cyntaf posibl i'w ddenu allan i'r lawnt.

Chwerthin wnaeth Mam-gu. 'Mae Mostyn wedi bod yn chwilio amdanat ti ers meityn,' meddai. 'Fydd y bwyd ddim yn barod am ryw chwarter awr, felly cer ag e allan i'r lawnt i chwarae, wnei di? Wedyn, os bydd Mostyn wedi blino, falle gawn ni lonydd ganddo i fwyta'n swper.'

Gafaelodd Tomos yn y bêl a'i thaflu â'i holl nerth allan trwy'r drws. Sgrialodd Mostyn allan ar hyd llawr teils y gegin, a rhedodd Tomos ar ei ôl.

Doedd dim byd yn osgeiddig ynghylch ffordd Mostyn o redeg. Roedd fel petai ganddo fwy o goesau nag a wyddai beth i'w wneud â nhw, ac eto llwyddai i symud fel mellten o un lle i'r llall! Safodd Tomos ar ganol y lawnt yn taflu'r bêl, a Mostyn yn rhuthro i'w nôl hi bob tro. Taflodd Tomos hi ymhellach ac ymhellach nes iddi o'r diwedd ddiflannu heibio i'r dderwen ar y tro yn y dreif. Rhuthrodd Mostyn i chwilio amdani, ac arhosodd Tomos iddo ailymddangos. Doedd dim sôn amdano am sbel.

'Mostyn!' galwodd. 'Ble wyt ti?'

Yna clywodd sŵn cyfarth uchel. *O na! Falle*

bod Mostyn wedi gweld cath neu aderyn.
Gwell i mi fynd i'w nôl e, meddyliodd Tomos.
Cerddodd draw at y dderwen, ac wrth edrych
drwy'r canghennau praff gwelai'r haul yn
disgleirio ar ddŵr gerllaw. Wrth gwrs! Roedd e
wedi anghofio'n llwyr am y pwll nofio!

Roedd sŵn cyfarth yn dal i lenwi'r awyr, ac
erbyn hyn gallai Tomos glywed llais Taid yn
galw, 'Mostyn! Mostyn! Beth sy'n bod? Dere
'ma!'

Ble yn y byd oedd e? Edrychodd Tomos o'i
gwmpas a gweld y ci yr ochr arall i'r dderwen,
yn agos at y pwll.

'Dw i'n gweld Mostyn! Mae e wrth y pwll
nofio, Taid!' gwaeddodd, gan redeg draw tuag
at y ci.

Safai Mostyn a'i gefn at y pwll, yn wynebu'r
hen dderwen. Roedd e'n cyfarth yn ddi-stop.

'Hei, Mostyn, dyna ddigon!' galwodd Tomos,
ond chymerodd y ci ddim sylw ohono. 'Wyt ti
wedi colli'r bêl?' gofynnodd, ond gwelodd fod
Mostyn wedi gollwng y bêl ar y cerrig o'i flaen.
'Beth yn y byd sy'n bod?' meddai Tomos.

Daeth Taid i'r golwg gan edrych yn syn ar
Mostyn. Meddai mewn clamp o lais mawr,
'MOSTYN! BYDD YN DAWEL!'

Ar unwaith peidiodd y cyfarth, ond doedd Mostyn ddim yn hapus. Syllai'n sarrug ar y goeden, gan swnian yn dawel yn ei wddf.

Gosododd Taid ei law ar ben y ci. 'Beth sy'n bod, hen ffrind?' gofynnodd, yna meddai wrth Tomos, 'Mae rhywbeth wedi'i gynhyrfu e, mae hynny'n amlwg.' Gwelai Tomos fod y blew ar war y ci'n sefyll yn syth fel pigau.

'Falle fod gwiwer neu aderyn wedi dianc i ganghennau'r goeden, a Mostyn yn methu deall ble roedd e wedi diflannu,' meddai Taid o'r diwedd.

Roedd Tomos yn syllu ar y pwll nofio. Hen bwll oedd e, ond roedd yr asiant tai'n amlwg wedi gwneud ei orau i'w baratoi ar gyfer y tenantiaid newydd. Roedd teras llydan o'i amgylch, ac ochrau a gwaelod y pwll wedi'u peintio'n las, gan roi lliw deniadol i'r dŵr.

'Fydd gen i amser i nofio heno?' gofynnodd Tomos.

Gwenodd Taid. 'Gawn ni weld. Ro'n i'n gwybod y byddet ti wrth dy fodd â'r pwll,' meddai. 'Dere Mostyn!' ychwanegodd, gan afael yng ngholer y ci, a chychwynnodd y tri'n ôl i gyfeiriad y tŷ, a Tomos yn cario'r bêl yn ei law. Doedd Mostyn ddim yn gwneud unrhyw sylw o'r bêl erbyn hyn, a cherddai'n anfodlon gan gymryd cip yn ôl bob hyn a hyn.

Wrth iddyn nhw groesi'r lawnt, syllodd Tomos eto ar y plasty, a'r ffenest ar y llawr uchaf lle roedd wedi meddwl iddo weld symudiad ynghynt. Roedd hi ar agor. *Agorodd Mam-gu ffenest fy stafell i*, meddyliodd yn sydyn. Edrychodd ar y ffenestri eraill. *Na, dim ond un oedd ar agor.* Rhaid felly mai yn ei stafell ef ei hun roedd wedi meddwl iddo weld rhywbeth yn ymddangos yn y ffenest . . .

Roedd Mam-gu'n aros amdanyn nhw yn y gegin.

'Dewch o 'na, mae swper yn barod,' meddai, ac eisteddodd pawb wrth y bwrdd. Roedd Mam-gu yn ei hwyliau gorau, ac yn amlwg yn edrych ymlaen yn fawr at dreulio'r haf yn Llys Undeg. Soniodd Taid na Tomos 'run gair am Mostyn yn cyfarth ar y goeden. Yn wir, eisteddodd y ci'n dawel wrth draed Mam-gu nes iddi estyn sosej iddo. Llyncodd Mostyn y sosej bron heb ei chnoi, yna aeth i orwedd yn ei fasged yn y gornel tra oedd y tri arall yn mwynhau eu pwdin – mefus, melon a bricyll.

'Beth wyt ti am wneud ar ôl swper?'

gofynnodd Taid i Tomos. 'Mae hi braidd yn hwyr i nofio. Hoffet ti ddod am dro i lawr at lan y môr? Roedd yr asiant yn dweud bod 'na lwybr yn arwain yn syth o waelod yr ardd i'r traeth.'

'Grêt!' cytunodd Tomos ar unwaith. Doedd e ddim eisiau mynd yn ôl i'w stafell am sbel.

'Ddoi dithau hefyd, Elen?' gofynnodd Taid.

'Dim diolch,' atebodd Mam-gu. 'Dw i ishe rhoi trefn ar bethau yma, a ffonio Carys hefyd i ddweud wrthi bod Wendy ishe aros yn y fflat am weddill yr wythnos.'

Gosododd Taid dennyn ar Mostyn, a chychwynnodd y tri am y traeth. Ar ôl croesi'r glaswellt, a'u cefnau at yr hen dderwen, cerddon nhw drwy'r coed yr ochr arall i'r lawnt. Roedd camfa ar draws y llwybr, felly dringodd Taid a Tomos drosti a chododd Taid y ci i'r ochr arall. Wrth iddyn nhw ddilyn y llwybr troed, daeth y tywod a'r môr i'r golwg o'u blaenau. Roedd ambell dŷ ar ymyl y llwybr, a sylwodd Tomos yn arbennig ar fwthyn o'r enw Tŷ To Glas, bron ar ymyl y traeth. Roedd bachgen tua'r un oed ag ef yn golchi beic yn yr ardd. Gwenodd Tomos yn swil ar y bachgen. 'Haia!' meddai hwnnw ar unwaith. Roedd ganddo wallt du, llygaid tywyll a lliw haul ar ei groen, ac edrychai'n gyfeillgar. Ond roedd Taid wedi cerdded yn ei flaen, yn awyddus i gyrraedd y traeth, felly doedd dim amser i Tomos aros am sgwrs gyda'r bachgen.

Roedd y llanw allan, a cherddodd Tomos a Taid ar hyd y tywod llyfn, a'u traed yn gadael olion dwfn ar eu hôl. Roedd Mostyn wedi anghofio'i brofiad rhyfedd wrth y pwll nofio, a rhuthrai o gwmpas gan adael cannoedd o olion traed ar y tywod glân. Roedd yr haul ar fin machlud erbyn hyn, ac arhosodd Tomos wrth ochr Taid yn gwylio wrth i'r belen goch suddo'n araf i'r môr. Safodd y ddau'n dawel yn edmygu'r lliwiau porffor a glas tywyll ac oren a lenwai'r awyr fel rubanau.

Bellach, roedd hi'n dechrau tywyllu ac yn hen bryd troi am adre. Doedd dim sôn am y bachgen y tu allan i Dŷ To Glas, ond gallai Tomos glywed sŵn cerddoriaeth uchel yn dod o ffenest agored ar y llawr uchaf.

Pan gyrhaeddon nhw'n ôl, roedd Mam-gu'n eistedd yn gyffyrddus yn gwylio'r newyddion ar y teledu.

'Dw i wedi ffonio dy fam,' meddai wrth Tomos, 'ac mae popeth yn iawn. Fe wnes i ei gwahodd hi draw i aros yma hefyd, ar ôl iddi ddod adre, ond dywedodd ei bod hi'n brysur iawn yn y gwaith yr haf 'ma.' Trodd at Taid. 'Rhaid i ti gael sgwrs gyda hi, Gruffydd. Mae hi'n gweithio'n rhy galed o lawer.'

'Nawr, nawr, Elen, gad lonydd iddi. Mae Carys yn ddigon hen i wneud ei phenderfyniadau ei hun. Ac fe gawn ni gwmni Tomos yma dipyn dros yr haf, gobeithio.'

Trodd Mam-gu at Tomos. 'Dw i'n gwbod 'i bod hi'n ganol haf, ond beth am gwpaned o siocled poeth i ddathlu'n noson gyntaf ni yn Llys Undeg?' meddai. 'Fe af fi i dwymo'r llaeth.'

'O ie, plîs, Mam-gu!' meddai Tomos yn frwdfrydig.

Yn nes ymlaen, ar ôl iddo orffen ei siocled poeth, aeth Tomos i wylio'r teledu. Roedd Taid wedi bod yn edrych o gwmpas a darganfod bod cysylltiad i'r we hefyd yn Llys Undeg. Soniodd Tomos am ei *iPad* a dechreuodd Taid ei holi'n eiddgar amdano. Rhedodd

Tomos i fyny i'w stafell i'w nôl, ac wrth iddo ddod yn ôl i lawr y grisiau yn cario'r teclyn sylweddolodd nad oedd wedi teimlo'n annifyr o gwbl yn ei stafell y tro hwn.

Pan aeth i'r gwely'r noson honno, teimlai'n ddigon cyffyrddus, a'r teimlad anniddig wedi diflannu'n llwyr. *Ti oedd yn bod yn blentyn-naidd*, dwrdiodd ei hun. Roedd yn falch iawn nad oedd wedi sôn wrth Mam-gu am ei ofn, ac wrth fynd i gysgu edrychai ymlaen at fwynhau ei wyliau yn Llys Undeg.

'Mostyn! Y ci drwg! Gad yr asgwrn 'na allan yn yr ardd! Paid â dod ag e i mewn i'r tŷ!'

Deffrodd Tomos yn sydyn. Am eiliad doedd e ddim yn cofio ble roedd e. Welydd gwyrdd, haul yn tywynnu trwy'r llenni. Cwpwrdd mawr gwyn ar hyd y wal gyferbyn â'r gwely . . . Yna cofiodd. Neidiodd allan o'r gwely a gwisgo'n gyflym.

Rhedodd i lawr y grisiau i'r gegin, lle roedd Mam-gu a Taid yn yfed coffi wrth y bwrdd.

'Haia!' meddai Taid gan wenu. 'Mae'n fore braf! Gysgaist ti? Nawr, beth wyt ti am wneud heddiw?'

'Wel, cael brecwast gynta,' meddai Mam-gu'n bendant. 'Beth wyt ti ishe, pwt? Cig moch ac wy?'

'Grêt,' atebodd Tomos. 'Gaf fi fynd â Mostyn am dro i'r traeth wedyn?' gofynnodd i Taid.

'Wrth gwrs,' atebodd yntau. 'A dweud y gwir, byddwn i'n reit falch o'i gael e allan o'r ffordd am awr neu ddwy. Dw i eisiau rhoi trefn ar 'y nghasgliad.'

Cofiodd Tomos fod Taid wrth ei fodd yn casglu darnau diddorol o arian – hen sofrenni a darnau coron, a doleri Prydeinig hyd yn oed. Roedd ganddo hefyd fathodynnau o bob math, a byddai'n eu cyfnewid gyda phobl eraill oedd â'r un diddordeb.

'Sdim digon o le wedi bod gyda ni erioed i dy daid arddangos 'i gasgliad cyfan,' meddai Mam-gu, 'ond mae e wedi gweld y cypyrddau gwydr yn y stafell ffrynt ac mae e am 'u gosod nhw allan yn y fan honno.'

'Maen nhw wedi bod mewn bocsys ers blynyddoedd,' ychwanegodd Taid. 'Nawr galla i weld yn union beth sy gen i. Gyda llaw, mae 'na ffair hen bethau yn Llanelwedd fory, a bydd 'na stondinau arian yno. Dw i'n meddwl mynd. Hoffet ti ddod gyda fi, Tomos?'

'O, wel, falle,' meddai Tomos, gan ddechrau ymosod ar y bwyd ar ei blât. 'Mm! Mae'r cig moch 'ma'n flasus, Mam-gu.'

Yn syth ar ôl brecwast estynnodd Tomos dennyn Mostyn, ac aeth y ci'n wallgo, gan neidio lan a lawr. Pan ddywedodd Tomos, 'Mostyn! Cer i nôl y bêl!' rhuthrodd y ci i ffwrdd gan lamu dros ei fasged mewn un naid. Ymhen ychydig eiliadau, roedd yn ôl a'r bêl goch yn ei geg, ac i ffwrdd â nhw i gyfeiriad y traeth.

Er mai prin naw o'r gloch oedd hi, roedd yr awyr yn gynnes, a theimlai Tomos wres yr haul ar ei freichiau. Meddyliodd gymaint brafiach oedd hi yma nag yn y fflat – digon o lefydd i fynd am dro, glan y môr o fewn tafliad carreg . . . Ond yn well na dim, doedd e ddim dan drwyn Brett. Cymerodd Tomos gip yn ôl ar y tŷ ac ar ffenest ei stafell. Oedd rhywbeth yn symud yno, tybed? Nac oedd, siŵr. *Paid â bod yn wirion!* wfftiodd wrtho'i hun.

Cyrhaeddodd Tomos y llwybr oedd yn arwain o Lys Undeg i lawr i'r traeth. Tynnai Mostyn yn galed ar y tennyn, ac roedd yn rhaid i Tomos ddweud wrtho'n bendant, 'Paid, Mostyn! Paid!'

Daethon nhw at y Tŷ To Glas, a gwelodd Tomos fod y bachgen gwallt tywyll yn yr ardd heddiw eto.

'Haia,' meddai Tomos yn gyfeillgar, a daeth y bachgen draw at y wal ar unwaith.

'Haia,' atebodd yntau. 'Dw i ddim wedi dy weld di o gwmpas y lle 'ma o'r blaen. Beth yw dy enw di? Wyt ti'n byw yn yr ardal?'

Eglurodd Tomos fod Taid a Mam-gu wedi rhentu Llys Undeg dros yr haf.

'Hm,' meddai'r bachgen. 'Sneb wedi byw yno ers hydoedd. M-M ydw i, gyda llaw,' ychwanegodd, 'a dw i'n byw fan hyn. Mae Mam yn rhedeg y stondin hufen iâ ar y traeth. Weli di?' holodd, gan amneidio.

'Grêt,' meddai Tomos. 'Fe fydda i ishe hufen iâ'n nes ymlaen. M-M ddwedest ti? Dyna enw anghyffredin!'

Tynnodd y bachgen stumiau. 'Mae M-M yn sefyll am Moses Martinez,' meddai. 'Moses Martinez Mahoney. Moses achos bod Mam yn hoffi'r enw, a Martinez ar ôl Tad-cu sy'n byw ym Mecsico. Ond dw i ddim yn hoffi'r un o'r ddau enw, felly M-M amdani.'

Edrychodd braidd yn heriol ar Tomos, a wyddai yntau ddim beth i'w ddweud. Meddai o'r diwedd, 'Dw i'n mynd â Mostyn am dro.'

Roedd Mostyn wedi cael llond bol ar yr oedi, ac wrth glywed ei enw rhoddodd blwc sydyn ar y tennyn nes iddo bron â chodi Tomos oddi ar ei draed.

Chwerthin yn uchel wnaeth M-M. 'Ti ishe cwmni?' gofynnodd braidd yn swil. 'Alla i ddangos y llefydd gorau i ti fynd am dro.'

'Grêt!' Roedd Tomos wrth ei fodd, ac ar unwaith daeth M-M allan trwy'r gât i ymuno â nhw. Roedd Mostyn ar ben ei ddigon – dyma ffrind arall i chwarae ag e! Gwnaeth ymdrech deg i neidio a llyfu M-M ar ei drwyn.

'Hei! Gad lonydd i fi!' meddai hwnnw, gan bwffian chwerthin. 'Ble oeddet ti'n bwriadu mynd am dro?' gofynnodd.

'Ar hyd y traeth,' atebodd Tomos.

'Mae'r llanw ar 'i ffordd i mewn,' meddai M-M, 'felly bydd y rhan fwyaf o'r traeth dan ddŵr ymhen hanner awr. Beth am i ni fynd i'r twyni tywod draw fan'na? Maen nhw'n hwyl. Awn ni heibio i'r stondin ar y ffordd i fi gael dweud wrth Mam ble rydw i.'

Edrychodd Tomos ar y stondin, yn llawn diddordeb. *Dyna beth gwych*, meddyliodd, *cael mam sy'n rhedeg stondin fel hyn. Fydd M-M byth yn gorfod talu am hufen iâ!* Gwelodd fod cacennau a brechdanau a diodydd oer a phoeth ar werth ar y stondin hefyd. *Gwell fyth! Allech chi gael gwledd fan hyn!* meddyliodd.

'Haia, Mam,' meddai M-M, 'dyma Tomos. Dw i'n mynd am dro gydag e i'r twyni tywod.'

Gwenodd mam M-M ar Tomos. Fel ei mab, roedd ganddi wallt du fel y frân a llygaid tywyll. Gwisgai ei gwallt yn hir at ei hysgwyddau, ac roedd ei llygaid yn siriol a gloyw. Cymerodd Tomos ati hi ar unwaith. Cyn iddo allu dweud gair, rhoddodd Mostyn blwc anferth arall ar y tennyn wrth arogli'r brechdanau ar y stondin.

'Mae Tomos yn aros yn Llys Undeg,' meddai M-M wrth ei fam.

'Mostyn! Eistedd!' gorchmynnodd Tomos.

Eisteddodd Mostyn yn ufudd, ac edrychodd Tomos ar fam M-M. Gwelodd rywbeth rhyfedd iawn – er ei bod hi'n dal i wenu, roedd ei llygaid yn llawn ofn. *Ofn beth? Pam yn y byd mae hi'n edrych arna i fel'na?* meddyliodd.

'Yn . . . Llys Undeg?' meddai hi mewn llais rhyfedd. 'Ond does neb wedi byw yno ers . . . ers . . .'

Wnaeth hi ddim gorffen ei brawddeg, ac aeth yn ei blaen yn frysiog. 'Nawr 'te, fechgyn, byddwch yn ofalus a gwyliwch am y llanw. Ac ar eich ffordd yn ôl, galwch heibio i gael hufen iâ.'

Gwych! Cychwynnodd y ddau ar hyd y

traeth. Roedd M-M yn sgwrsio'n hapus, ond allai Tomos ddim anghofio'r olwg yn llygaid ei fam, a'r hyn ddywedodd hi am Lys Undeg. *Beth yn y byd oedd o'i le ar y tŷ?*

'Hoffwn *i* gael ci,' meddai M-M, 'ond mae Mam yn dweud nad oes lle gyda ni ac y byddai'n rhy ddrud i'w gadw. Ar ôl i fi safio digon o arian poced ac arian pen-blwydd, dw i'n bwriadu gofyn iddi 'to.'

'Hoffet ti gael tro ar ddal y tennyn?' gofynnodd Tomos.

Cymerodd M-M y tennyn a dechrau rhedeg nerth ei draed tuag at y twyni tywod ym mhen pella'r traeth. Allai Tomos ddim peidio â chwerthin. Erbyn iddyn nhw gyrraedd y twyni, Mostyn oedd ar y blaen yn tynnu M-M ar ei ôl.

Tynnodd Tomos y tennyn oddi ar y ci, a gadael iddo redeg o gwmpas yn rhydd. Buon nhw'n rhedeg i fyny'r twyni a rholio i lawr, a chuddio a neidio allan ar ei gilydd a'r ci, ac yn chwarae â'r bêl hefyd. Gan ei bod hi'n dal yn gynnar, doedd neb arall o gwmpas, ond roedd yr haul yn gynnes. Ymhen hanner awr roedden nhw i gyd yn chwys drabŵd – ac yn hen bryd mynd i gael hufen iâ!

Chwerthin wnaeth mam M-M wrth eu gweld nhw'n dod. 'Odych chi wedi dod â'r traeth i gyd gyda chi?' gofynnodd, a sylweddolodd Tomos fod gronynnau tywod drosto o'i ben i'w draed.

'Nawr 'te, Tomos, pa hufen iâ gymeri di? Fanila, mefus, siocled? Mae gen i flas newydd eleni 'fyd – eirin gwlanog. Hoffet ti flasu hwnnw?'

Ac estynnodd gorned enfawr yr un iddyn nhw yn llawn o hufen iâ lliw oren golau. Cynigiodd Tomos dalu, ond meddai mam M-M, 'Na, arbrawf yw'r hufen iâ eirin gwlanog. Sdim rhaid i ti dalu. Dw i ishe gofyn dy farn di am y blas.'

Mmm, roedd yr hufen iâ'n flasus! Roedd tafod Mostyn yn hongian allan o'i geg, ac estynnodd mam M-M fowlenaid o ddŵr iddo. Ar ôl iddo yfed pob diferyn, gorweddodd ar ei hyd ar y tywod cynnes, wedi blino'n lân.

Erbyn hyn roedd pobl eraill yn cyrraedd y traeth a daeth rhai draw i brynu brechdanau i'w bwyta yn lle brecwast. *Am syniad da!* meddyliodd Tomos. *Brecwast ar y traeth!*

Aeth M-M ac yntau i eistedd yng nghysgod craig. Roedd y llanw'n llifo i mewn yn gyflym, a phobl yn paratoi i fynd i nofio.

'Dw i'n meddwl yr af i am dro i lawr i'r pentref ar y beic yn nes ymlaen,' meddai M-M. 'Hoffet ti ddod?'

'Sgen i ddim beic,' atebodd Tomos yn siomedig. 'Mae Mam yn dweud nad oes lle i gadw un yn y fflat.'

'Gei di fenthyca fy hen feic i,' meddai M-M ar unwaith.

'Grêt!' Roedd Tomos wrth ei fodd.

'Ody dy fam yn aros gyda ti yn Llys Undeg?' gofynnodd M-M.

'Na, mae hi'n gorfod gweithio,' meddai Tomos. Eglurodd fel y bu'n rhaid iddi fynd i ffwrdd, a threfnu i Wendy ddod i aros. Roedd M-M yn un da am wrando, a rhywsut aeth Tomos ymlaen i sôn am Brett, ac am gynlluniau Mam-gu a Taid.

'Beth am dy dad?'

'Dw i byth yn 'i weld e,' meddai Tomos yn fyr. Yna, gan ofni ei fod yn swnio'n sarrug, holodd, 'Beth mae dy dad di'n 'i wneud?'

'Mae 'Nhad wedi marw,' atebodd M-M yn dawel. 'Dim ond Mam a fi sy'n byw yn Nhŷ To Glas, ac mae hi'n gorfod gweithio'n galed iawn i'n cadw ni. Pan fydda i wedi tyfu lan,' ychwanegodd yn gadarn, 'dw i'n mynd i fod yn filiwnydd a phrynu tŷ newydd i Mam, a fydd dim rhaid iddi weithio byth eto. Ac fe fydd hi'n gallu mynd yn ôl i Fecsico bob blwyddyn i weld Tad-cu a'r teulu. Dy'n ni ddim wedi bod yno ers dwy flynedd, a dw i'n gwybod y byddai hi wrth ei bodd yn cael mynd yn amlach.'

Wyddai Tomos ddim beth i'w ddweud, ond doedd dim rhaid iddo ateb, oherwydd yr eiliad honno neidiodd Mostyn ar ei draed a sefyll yn ddisgwylgar o flaen y ddau fachgen, yn amlwg yn holi, *Ble ry'n ni'n mynd nesa, bois?*

Doedd dim amdani ond codi ar eu traed!

'Fe af fi â Mostyn yn ôl at Taid, yna gallwn ni fynd ar y beics,' meddai Tomos. 'Ddoi di gyda fi? Galla i ddangos y pwll nofio i ti – falle yr hoffet ti ddod i nofio gyda fi rywbryd?'

'Ffantastig! Gad i fi ddweud wrth Mam ble dw i'n mynd.'

Cerddodd Tomos gydag ef yn ôl at y stondin i ddiolch eto am yr hufen iâ.

'Beth yw'ch barn chi'ch dau am yr hufen iâ eirin gwlanog 'te? Chi'n meddwl y bydd e'n flas poblogaidd?' gofynnodd mam M-M gan wenu.

'Roedd e'n cŵl,' meddai M-M, 'ond ddim cystal â'r blas taffi triog. Rhaid i ti gael hwnnw nesa,' meddai wrth Tomos, 'mae e'n wych!'

Ychwanegodd, 'Mam, mae Tomos a fi'n mynd â Mostyn 'nôl i Lys Undeg, wedyn dw i am roi benthyg yr hen feic iddo fe er mwyn i ni fynd am reid i'r pentre. Iawn?'

'Bydd yn ofalus 'te,' atebodd ei fam. Yna, ar ôl petruso am eiliad, ychwanegodd, 'yn enwedig yn Llys Undeg.'

'Pam yn Llys Undeg?' gofynnodd M-M yn syn.

Ond chafodd e ddim ateb gan ei fam. 'A chofia,' meddai, 'mae'n rhaid i ni fynd i'r dre yn nes ymlaen heddiw i brynu dy ddillad ysgol newydd di. Dyna'r unig gyfle sy gen i.'

Cychwynnodd y bechgyn ar eu ffordd yn ôl ar hyd y llwybr.

'I ba ysgol wyt ti'n mynd?' holodd Tomos.

Roedd ei feddwl yn chwyrlïo. *Beth yn y byd sydd o'i le ar Lys Undeg? Pam mae mam M-M yn fy rybuddio fel 'na?* Daeth syniad arall i'w ben. *Mae Taid a Mam-gu'n bwriadu aros trwy gydol yr haf yn Llys Undeg. Ydyn nhw mewn perygl? Mae'n rhaid i fi ddarganfod beth sydd o'i le cyn i fi fynd adre*, meddyliodd.

'Hei,' meddai M-M. 'Ti ddim yn gwrando!'

'O, sori, ro'n i'n meddwl am rywbeth arall,' atebodd Tomos yn frysiog.

'Dweud o'n i,' meddai M-M, ''mod i'n mynd

i ysgol newydd y tymor nesa – Ysgol Dafydd Morgan.'

Roedd Tomos yn glustiau i gyd nawr. 'Ond dw *i*'n mynd i Ysgol Dafydd Morgan ym mis Medi hefyd,' meddai. 'Dw i ddim ishe mynd, achos mae fy ffrindiau i gyd yn mynd i Ysgol y Garn, a fydda i ddim yn nabod neb.'

Goleuodd wyneb M-M. 'Ond fe fydda *i* yno,' meddai. 'Byddi di'n fy nabod i. Ac mae Daf yn mynd, a Glyn a Huw a Cef. Fe fydd 'na ddigonedd o ffrindiau yno i ti!'

Allai Tomos ddim credu'r peth! Roedd hyn yn newyddion gwych! Am y tro cyntaf, dechreuodd deimlo'n hyderus ynghylch ei ysgol newydd. Erbyn hyn, roedden nhw wedi cyrraedd y lawnt o flaen Llys Undeg.

'Hoffet ti weld y pwll nofio?' gofynnodd i M-M.

Cytunodd hwnnw ar unwaith, a chroesodd y ddau y dreif at gefn y plasty bach. Roedd Mostyn yn dal ar ei dennyn, ond cyn gynted ag y daethon nhw'n agos at y dderwen fawr, dechreuodd chwyrnu'n fygythiol yn ddwfn yn ei wddf, yna cyfarth yn uchel.

Syllodd M-M yn syn arno. 'Beth sy'n bod arno fe?' holodd.

'Dim syniad,' atebodd Tomos yn bryderus. 'Ond fe wnaeth e yr un peth ddoe hefyd, yn yr un lle yn union. Bydd dawel, Mostyn!' gorchmynnodd.

Roedd M-M wrth ei fodd â'r pwll nofio, ond roedd hi'n amlwg fod Mostyn yn anghyffyrddus iawn yn ymyl y goeden, a throdd y tri'n ôl tuag at y tŷ.

Roedd Taid yn y stafell lle roedd y cypyrddau gwydr. Gwelodd y bechgyn yn dod, a chododd ei law arnyn nhw. Arweiniodd Tomos y ffordd o gwmpas y tŷ i'r drws cefn, a dyna lle roedd Mam-gu'n eistedd, yn mwynhau paned o goffi.

'Helô, Tomos, pwy . . . Mostyn!' Ar yr eiliad olaf un, llwyddodd Tomos ac M-M i ddal Mostyn yn ôl rhag tywallt y coffi poeth dros gôl Mam-gu.

'Dyma M-M,' meddai Tomos. 'Mae ei fam yn cadw stondin hufen iâ ar y traeth, a bydd e'n mynd i'r un ysgol â fi ym mis Medi! Dw i'n cael benthyca beic ganddo fe er mwyn i ni fynd am dro i'r pentre.'

'A helmed hefyd,' ychwanegodd M-M yn gyflym.

'Wel, helô, M-M,' meddai Mam-gu. 'Falch o gwrdd â ti. Mae hynna'n swnio fel syniad da.

A beth am i chi'ch dau ddod 'nôl yma i ginio wedyn?'

Ymhen pum munud roedd y bechgyn ar eu ffordd yn ôl i lawr y llwybr, a Mostyn yn syllu'n druenus ar eu holau. Ar ôl cyrraedd Tŷ To Glas, aeth M-M i'r sièd y tu ôl i'r tŷ i estyn y ddau feic a'r ddwy helmed hefyd.

'Ydy hon yn dy ffitio di?' gofynnodd gan estyn un o'r helmedau i Tomos.

Wrth lwc, roedd hi'n ffitio'n berffaith, felly arweiniodd M-M y ffordd ar hyd y llwybr, heibio i Lys Undeg, ac ymlaen tuag at y pentref.

Ar y dechrau, bu'n rhaid i Tomos ganol-bwyntio'n galed ar reidio beic anghyfarwydd, ond buan iawn y dechreuodd fwynhau ei hun. Ar ôl cyrraedd canol y pentref, stopiodd M-M a chafodd Tomos gyfle i edrych o'i gwmpas. Un stryd o siopau oedd yno – archfarchnad fechan, cigydd, siop llysiau a ffrwythau, a chaffi. Roedd yna hefyd siopau cludfwyd Tseineaidd ac Indiaidd, a siop elusen, ynghyd â llyfrgell fechan, eglwys a swyddfa bost.

'Fe awn ni i weld Glyn,' meddai M-M. 'Mae e'n byw fan hyn, drws nesaf i'r eglwys. Fe fyddi di'n hoffi Glyn.'

Curodd ar ddrws y tŷ yna'i agor a cherdded i mewn gan alw, 'Fi, M-M sy 'ma. Ody Glyn o gwmpas?'

Ar unwaith daeth llais ysgafn o'r stafell ffrynt. 'M-M, 'machgen i, gad i fi dy weld di.'

'Hen dad-cu Glyn yw e,' sibrydodd M-M. 'Tad-cu Daf maen nhw'n 'i alw e. Mae e bron yn ddall. Gad i ni fynd i siarad ag e.'

Wrth fynd i mewn i'r stafell y daeth y llais ohono, gwelodd Tomos hen ŵr yn eistedd wrth y ffenest agored a'r haul ar ei wyneb. Er gwaethaf y gwres, gwisgai siwmper drwchus. Roedd cath fawr ddu yn gorwedd ar ei gôl a chrynai dwylo'r hen ŵr wrth iddo'i mwytho. Gwenodd yn garedig i gyfeiriad y bechgyn, a'i lygaid glas yn siriol.

Aeth M-M draw ato, gan afael yn ei law a dweud, 'Shwt 'ych chi heddi, Mr Davies? Dw i wedi dod â ffrind newydd i weld Glyn. Tomos yw 'i enw e.'

Ar y gair, cerddodd Glyn i mewn i'r stafell – bachgen tal, tenau a chanddo sbectol a gwallt golau. Roedd e wedi clywed geiriau olaf M-M, ac meddai, 'Haia Tomos. Hei M-M, ddwedes i wrthot ti 'mod i wedi dal pysgodyn enfawr yr wythnos ddiwetha?'

Chwerthin wnaeth M-M. 'Do, fe ffoniest ti fi a Cef a Huw a phawb arall,' meddai. 'Dyma Tomos – mae e wedi dod ar 'i wyliau i Lys Undeg, yr hen blasty bach 'na y tu ôl i'n tŷ ni,' meddai.

Cyn i Glyn gael cyfle i ateb, torrodd yr hen ŵr ar eu traws.

'Llys Undeg?' holodd. 'Oes rhywun yn byw yno nawr 'te? Byddai'n well iddyn nhw adael y lle'n wag, ar ôl popeth ddigwyddodd yno.'

Roedd ei wyneb yn llawn gofid. Ceisiodd godi'n ffwndrus o'i gadair, a syrthiodd y gath o'i gôl. Aeth Glyn ato ar unwaith.

'Peidiwch â phoeni, Tad-cu Daf,' meddai'n galonnog. 'Mae popeth yn iawn.' Cododd y gath a'i rhoi'n ôl yn ei lle ar ei gôl. 'Fe af fi i wneud cwpaned i chi nawr. Arhoswch chi fan'na. Mae Nel yn gyffyrddus ar eich côl chi.'

Amneidiodd ar y bechgyn, ac aeth y tri allan o'r stafell. 'Sori,' sibrydodd, 'mae Tad-cu Daf yn drysu weithie. Dewch mas i'r ardd. Fe wnaf i gwpaned iddo nawr, yna cawn ninnau ddiod bach.'

'Na, sori, allwn ni ddim aros,' meddai M-M, gan edrych ar ei wats. 'Dw i wedi addo mynd adre'n gynnar. Mae Mam ishe i ni fynd i'r dre yn nes ymlaen i brynu dillad ysgol. Mae'r siopau'n dawelach ar bnawn Mawrth, medde hi. Gyda llaw, bydd Tomos yn dod i Ysgol Dafydd Morgan hefyd ym mis Medi,' ychwanegodd, ac edrychodd Glyn ar Tomos yn llawn diddordeb.

'Ti'n hoffi pêl-droed?' gofynnodd.

'Ydw. Dw i ddim yn chwarae'n dda iawn, ond dw i wrth 'y modd yn cefnogi Elyrch Abertawe.'

'A finne,' meddai Glyn yn frwd.

'Mae llofnodion sawl un o'r tîm gen i,' ychwanegodd Tomos.

Roedd llygaid Glyn yn disgleirio. 'O, ga i eu gweld nhw rywbryd?' holodd yn llawn cyffro.

Trodd M-M a Tomos i fynd, ond yn sydyn galwodd Glyn ar eu holau, 'Hei M-M, pryd ni'n mynd i weld y ffilm 'na?'

'Pa ffilm?'

'*Targedu Troiana* – ffilm newydd Steffan Walinski.'

'Dw i wedi'i gweld hi,' meddai Tomos. 'Roedd hi'n wych!'

'Hei, rhaid i fi gael clywed yr hanes,' meddai Glyn. 'Pam na ddoi di gyda ni i'w gweld hi eto?'

Wrth iddyn nhw deithio'n ôl ar eu beics, roedd meddwl Tomos yn chwyrlïo. Roedd wrth ei fodd ei fod wedi gwneud dau ffrind newydd. *Ond pam mae pawb mor ofnus wrth fynd i Lys Undeg? Beth yw cyfrinach yr hen blasty? Oes 'na unrhyw berygl yno?* holodd Tomos ei hun.

5

Ar y ffordd yn ôl, roedd yn rhaid i Tomos ganolbwyntio'n galed ar feicio'n ddiogel, oherwydd roedd pob math o syniadau'n llifo trwy ei feddwl. Wrth iddyn nhw stopio o flaen Llys Undeg, edrychodd i fyny ar ffenest ei stafell. Disgleiriai'r gwydr yn euraid yn yr haul canol dydd. Doedd dim argoel o unrhyw symudiad.

Eisteddai Taid a Mam-gu mewn cadeiriau ysgafn ar y lawnt, yn mwynhau'r gwres. Roedd Mam-gu wedi paratoi brechdanau i bawb, ac ar ôl iddyn nhw fwyta, dywedodd M-M ei bod hi'n bryd iddo fynd adre.

'Mae Mam ishe i fi fynd i'r dre pnawn 'ma i brynu dillad ysgol ar gyfer mis Medi,' eglurodd eto. 'Bydd Tomos a fi'n mynd i'r un ysgol,' ychwanegodd.

'Beth amdanat ti, Tomos?' holodd Mam-gu. 'Wyt ti wedi cael dy wisg ysgol eto?'

'Na, mae Mam wedi bod yn rhy brysur,' atebodd Tomos.

'Hm, falle y gallwn ni fynd i siopa yr wythnos yma rywbryd,' meddai Mam-gu. 'Mae'n rhaid i ti gael popeth yn barod. Beth sydd ei ishe arnat ti?'

Doedd gan Tomos ddim llawer o ddiddordeb – *ych a fi, dillad!* meddyliodd yn ddiflas.

Pan oedd M-M ar fin mynd adre, meddai wrth Tomos, 'Cadwa'r beic yma am y tro. Ddoi di draw fory?'

Cyn i Tomos gael cyfle i ateb, meddai Taid, 'Ry'n ni'n bwriadu mynd am dro i ffair hen bethau yn Llanelwedd fory. Bydd yn rhaid i Tomos ddod gyda ni.' Ychwanegodd yn sydyn, 'Beth am i tithau ddod hefyd, M-M? Mae cannoedd o stondinau yna – teganau, llyfrau, pob math o bethau . . .'

Goleuodd llygaid M-M. 'Cŵl!' ebychodd. 'Ond rhaid i mi ofyn i Mam.'

Dechreuodd Mam-gu wneud y trefniadau. 'Dere draw fan hyn bore fory erbyn wyth . . .'

Yn sydyn, torrwyd ar eu traws gan sŵn car yn teithio'n gyflym – yn rhy gyflym. Daeth y car i'r golwg rhwng y coed – car llwyd tywyll yn rasio ar hyd y dreif. Pwy yn y byd oedd ynddo? Sgrialodd y car i stop sydyn ar y cerrig mân. O *na!* Roedd Tomos yn adnabod y gyrrwr.

Agorodd Brett y drws a neidio allan, gyda gwên ffals wedi'i phlastro ar ei wyneb. Daeth Wendy allan o'r drws arall.

'Helô,' meddai Wendy'n swil. 'Roedden ni'n digwydd mynd am dro yn y car, ac roedd Brett yn meddwl y byddai'n syniad da i ni alw heibio i'ch gweld chi.'

'Gweld shwt mae Tomos, ac ati,' meddai Brett yn galonnog. Er bod ei geg yn gwenu, sylwodd Tomos fod ei lygaid mor galed ag erioed. *Ych a fi!*

'Mae Tomos yn iawn,' atebodd Mam-gu'n reit sychlyd. Yna, wedi tawelwch byr gofynnodd, 'Gymerwch chi ddiod a rhywbeth bach i'w fwyta?'

'O, ym, dim diolch,' meddai Wendy, oedd yn amlwg yn teimlo'n anghyffyrddus.

Ond torrodd Brett ar ei thraws. 'Byddai hynny'n grêt,' meddai'n bowld. Doedd e'n amlwg ddim yn teimlo'n lletchwith o gwbl. 'Wel, mae hwn yn lle hyfryd,' meddai. 'Gawn

75

ni edrych o gwmpas? Ble mae'r pwll nofio 'ma?'

Roedd Taid bob amser yn gwrtais wrth bawb. Aeth â'r ddau ohonyn nhw o amgylch, tra bod Mam-gu'n paratoi rhagor o frechdanau.

Doedd Tomos nac M-M ddim wedi dweud gair, ond pan oedden nhw ar eu pennau eu hunain, meddai M-M, 'Ai dyna Wendy a Brett? Do'n i ddim yn hoffi golwg y Brett 'na o gwbwl. Well i ti fod yn ofalus ohono fe, Tomos.'

Doedd dim angen dweud hynny wrth Tomos! Ar ôl i M-M fynd, aeth draw at Mam-gu yn y gegin. Ymhen ychydig, daeth Taid â'r ddau arall yn ôl o'r pwll nofio. Gofynnodd Brett am weld y tŷ, ac ni allai Taid lai na'u tywys nhw o gwmpas. Cymerodd Brett ddiddordeb mawr yng nghasgliad Taid o hen ddarnau arian.

Digon tawedog oedd Wendy dros ginio, ond doedd dim taw ar Brett. Eisteddodd Tomos heb ddweud 'run gair, ac o'r diwedd cododd Brett a dweud ei bod hi'n bryd iddyn nhw fynd, gan ei fod yn gweithio'n nes ymlaen. Meddai cyn gadael, 'Ym, fydde hi'n iawn i Wendy a fi ddod 'to . . . a falle gallen ni ddefnyddio'r pwll nofio? Mae'n edrych mor braf . . .'

Ddywedodd Mam-gu 'run gair, ond mwmianodd Taid rywbeth cyn i Brett refio'r injan yn swnllyd a sgrialu i ffwrdd mor gyflym ag y daeth.

'Gruffydd, dw i ddim ishe'r bachgen 'na ar gyfyl y lle,' meddai Mam-gu'n flin. 'Roeddet ti'n rhy garedig o lawer wrtho fe.'

'Paid â phoeni, Elen,' atebodd Taid. 'Falle na ddôn nhw'n ôl beth bynnag.'

Ond roedd Tomos yn siŵr y byddai Brett yn ei ôl yn fuan. Roedd hi'n berffaith amlwg fod ganddo ddiddordeb yn Llys Undeg. Ond pam? Ai dim ond y pwll nofio oedd yn ei ddenu? Neu a oedd ganddo ryw reswm arall?

Aeth gweddill y dydd heibio'n gyflym. Roedd hi'n dal yn boeth, a phenderfynodd Tomos fynd draw i'r pwll nofio. Nofiodd am sbel cyn troi ar ei gefn ac arnofio. *Mae hi'n braf iawn yma*, meddyliodd, *os gallwch chi anghofio am y pethau rhyfedd* . . . Meddyliodd am yr hyn roedd Tad-cu Daf wedi'i ddweud . . .

Sblash! Glaniodd rhywbeth trwm yn y dŵr wrth ei ymyl, gan greu tonnau mawr. Llyncodd Tomos lond ceg o ddŵr a thasgodd diferion mawr i'w lygaid. Dechreuodd tafod mawr garw lyfu ei wyneb . . . 'Mostyn!'

Gan hanner chwerthin a hanner tagu, dringodd Tomos allan o'r dŵr. Doedd fawr o bwrpas iddo geisio sychu'i hun, gan fod Mostyn yn ysgwyd ei gorff gan saethu diferion o ddŵr i bob cyfeiriad. Eisteddodd Tomos ar ei dywel, cyn belled ag y gallai oddi wrth yr hen dderwen. Taflodd Mostyn ei hun i lawr wrth ei ochr, a gadael i'r haul poeth sychu ei got drwchus.

Cyn mynd i'w wely'r noson honno, penderfynodd Tomos y dylai roi'r beic roedd M-M wedi ei fenthyca iddo yn saff dan do yn rhywle. Doedd Mam-gu ddim eisiau iddo'i gadw yn y tŷ, ond meddai Taid, 'Mae sièd wrth y drws cefn. Beth am gadw'r beic yn honno?'

Roedd y sièd ar glo, ond roedd yr allwedd yn y drws. Roedd hi'n amlwg nad oedd neb wedi bod ar gyfyl y lle ers blynyddoedd. Driphlith draphlith ar hyd y llawr gorweddai offer gardd, hen bwcedi, a hyd yn oed hen blanhigion oedd bellach wedi troi'n llwch. Roedd un cornel ychydig yn fwy taclus, a gwnaeth Taid le i feic M-M yno. Yn y gornel bellaf, roedd rhywbeth wedi'i orchuddio â lliain trwchus.

Cododd Taid y lliain, a dyna lle roedd beic plentyn. Beic coch henffasiwn oedd e, ac roedd e fel newydd.

'Dyw hwn ddim wedi cael llawer o ddefnydd,' meddai Taid. 'Tybed beic pwy oedd e?'

Meddyliodd Tomos am y papur wal yn ei stafell. *Mae'n amlwg fod plentyn yn arfer byw yn Llys Undeg ar ryw adeg. Ond tybed pwy oedd y plentyn, a beth oedd ei hanes?*

Daeth M-M draw i Lys Undeg am hanner awr wedi saith fore dydd Mercher. Dim ond newydd godi roedd Tomos.

Wrth iddo fwyta'i frecwast, gallai glywed M-M a Taid yn siarad yn y stafell lle roedd y casgliad o arian a bathodynnau. Roedd Taid wrth ei fodd yn dangos ei gasgliad i rywun newydd, a gallai Tomos glywed M-M yn ymateb yn frwdfrydig, 'Cŵl! Gwych! Epic!'

'Dewch o 'na,' galwodd Mam-gu o'r diwedd. 'Mae'n hen bryd i ni gychwyn.' Craffodd ar Tomos. 'Beth sy'n bod arnat ti'r bore 'ma, Tomos? Ti'n welw iawn. Wyt ti'n sâl?'

'Na, dw i'n iawn,' mwmianodd Tomos. Doedd e ddim am egluro fod y teimlad anghyffyrddus bod rhywun yn ei wylio wedi dod yn ôl yn gryf y noson cynt, ac nad oedd e wedi cysgu llawer.

Doedd y daith i Lanelwedd ddim yn esmwyth iawn i deithwyr y sedd gefn gan fod y bechgyn yn gorfod rhannu'r sedd â Mostyn. Doedd Mostyn erioed wedi deall ei fod bellach wedi tyfu o fod yn gi bach i fod yn gi mawr, blewog. Ceisiodd eistedd ar gôl M-M, ond doedd dim digon o le yno. Symudodd ymlaen at gôl Tomos, a diflannodd hwnnw o dan y blew. Yna penderfynodd Mostyn wthio i'r sedd flaen at Mam-gu.

'Reit, dyna ddigon,' meddai hithau'n bendant, a'i sbectol yn gam a'i gwallt yn wlyb ar ôl i Mostyn ei llyfu.

Rhoddwyd tennyn ar Mostyn, a chymerodd Tomos ac M-M dro i'w ddal. O'r diwedd setlodd y ci i gysgu.

Ar ôl iddyn nhw gyrraedd y ffair hen bethau ym maes y Sioe Fawr yn Llanelwedd, meddai Taid wrth y bechgyn, 'Mae croeso i chi fynd o gwmpas ar eich pennau eich hunain am 'chydig. Beth am i ni gyfarfod fan hyn wrth y brif neuadd ymhen rhyw ddwyawr? Fe fydd hi'n tynnu am amser cinio erbyn hynny.'

Wrth lwc, aeth Taid a Mam-gu â Mostyn gyda nhw, a diflannodd M-M a Tomos i gyfeiriad y stondinau. Roedd y ffair yn enfawr, a rhai stondinau dan do mewn neuaddau, ond roedd llawer ohonynt yn yr awyr agored hefyd. Crwydrodd M-M a Tomos o gwmpas y lle gan fynd heibio i ddwsinau o stondinau llestri a nifer o stondinau hen offer cegin. Roedd un hyd yn oed yn gwerthu hen offer deintydd – *ych a fi!*

Yna daethon nhw ar draws stondinau mwy diddorol – un yn gwerthu hen deganau, un arall yn gwerthu watsys, ac un arall wedyn yn gwerthu cleddyfau a gynnau. Ond dywedodd perchennog y stondin hwnnw, 'Sori, dim plant yma, os gwelwch yn dda.'

Roedd M-M wedi dotio ar hen wats â llun Mickey Mouse arni, ond roedd hi'n ddrud iawn. Welodd Tomos ddim byd o ddiddordeb arbennig nes iddyn nhw ddod ar draws stondin lyfrau lle roedd adran arbennig ar lyfrau gwyddonias, gan gynnwys rhai o ddiwedd yr ugeinfed ganrif yn adrodd hanes ffilmiau cynnar Steffan Walinski.

'Hei, dw i ishe un o'r rhain,' meddai wrth M-M. 'Tybed oes rhywbeth yma alla i 'i fforddio?'

Treuliodd Tomos gryn dipyn o amser yn gwneud ei ddewis. Erbyn hynny, roedd M-M wedi hen flino aros amdano, ac wedi mynd i weld y wats Mickey Mouse unwaith eto.

O'r diwedd, penderfynodd Tomos brynu *Taith i Blaned y Saffir – Antur Gyntaf Cai a Carita*. Roedd y stondin yn brysur, a'r fenyw oedd yn gyfrifol amdani'n delio â nifer o gwsmeriaid ar yr un pryd. Tra oedd Tomos yn aros ei dro, cymerodd gip dros res o hen lyfrau yn ymyl y cownter. Yn sydyn, digwyddodd weld llyfryn bach o'r enw *Atgofion am bentref Glan y Mordraeth. Rhaid i fi ddod â Taid i weld hwn*, meddyliodd. Cododd y llyfr. Roedd e'n fregus iawn, a syrthiodd darn o hen bapur newydd allan ohono. Roedd yn hen ac wedi melynu, ac wedi rhwygo mewn mannau, ond sylwodd Tomos yn syn ar y pennawd – 'Llys Undeg: Beth yw'r gwirionedd?' Teimlai Tomos ei waed yn fferru. Dechreuodd ddarllen y paragraff: 'Ers wythnos bellach, mae'r heddlu'n ymchwilio i . . .'

'Hei! Ble gest ti hwnna?' meddai llais cas. Doedd Tomos ddim wedi sylwi bod menyw'r stondin wedi gorffen delio â'r cwsmeriaid eraill.

'O, ym, roedd e yn y llyfr 'ma . . .' Estynnodd Tomos y llyfryn bach a'r darn papur newydd iddi, ac fe gymerodd hi nhw oddi arno a'u rhoi ar silff y tu ôl iddi. 'Mae'r llyfrau 'ma'n werthfawr,' dwrdiodd. 'Wyt ti eisiau prynu rhywbeth?'

'Ydw, os gwelwch yn dda,' meddai Tomos yn gwrtais gan ddangos *Taith i Blaned y Saffir* iddi a chynnig yr arian. Meddalodd y fenyw ar unwaith. Derbyniodd yr arian a phacio'r llyfr. 'Sori am fod mor swta,' meddai. 'Mae'n anodd gofalu am stondin mewn ffair fel hon. Mae pethau'n cael 'u dwyn yn llawer rhy aml.'

'Enw'r llyfryn bach yna wnaeth dynnu fy sylw i,' meddai Tomos. '*Atgofion am bentref Glan y Mordraeth*. Dw i'n aros yng Nglan y Mordraeth ar hyn o bryd.'

'Glan y Mordraeth,' meddai'r fenyw â diddordeb. 'Es i yno ar wyliau unwaith. Mae'n lle hyfryd. Ble wyt ti'n aros?'

'Yn Llys Undeg.'

'Llys Undeg?' meddai'r fenyw. 'Dw i'n siŵr 'mod i wedi clywed yr enw yna o'r blaen. Beth glywes i am y lle, hefyd?'

Disgwyliodd Tomos yn eiddgar iddi gofio, ond yn sydyn, meddai rhywun, 'Esgusodwch fi,' ac roedd yn rhaid i'r fenyw fynd i ddelio â chwsmer arall.

Trodd Tomos i ffwrdd yn siomedig, ond roedd ei feddwl yn gweithio'n gyflym. *Beth oedd y pennawd yn yr hen bapur newydd?* 'Llys Undeg: Beth yw'r gwirionedd?' *Y gwirionedd am beth? Dylwn i ddweud wrth Mam-gu a Taid*, meddyliodd.

'Hei, Tomos! Edrych! Edrych!' galwodd M-M yn llawn cyffro, gan ddangos ei arddwrn i Tomos. Roedd yn gwisgo'r wats Mickey Mouse, ac roedd e'n amlwg wrth ei fodd.

'Fe sylweddolodd y dyn ar y stondin 'mod i'n wirioneddol hoffi'r wats,' meddai. 'Doedd gen i ddim digon o arian i dalu'r pris llawn, ond gofynnodd e faint allwn i fforddio, a chynigiodd y wats i mi am bris rhatach. Roedd e wedi cael llond bol ar fy ngweld i'n sefyllian o gwmpas, dw i'n credu. Edrych! Welaist ti rywbeth mor ffantastig erioed? Mae hon yn werth arian mawr!'

Allai Tomos ddim llai na gwenu. Edrychodd ar y wats – a sylweddoli faint o'r gloch oedd hi. 'Hei, mae'n hen bryd i ni gwrdd â Taid a Mam-gu!' meddai. 'Brysia! Rhaid i ni redeg!'

Rhuthrodd y ddau i gyfeiriad y brif neuadd. Roedd Taid a Mam-gu a Mostyn yn sefyll y tu allan yn edrych o'u cwmpas. Mostyn oedd y cyntaf i weld y bechgyn yn dod, a rhoddodd blwc enfawr ar y tennyn nes iddo bron â thynnu Mam-gu i'r llawr.

'Haia, fechgyn!' meddai Taid yn siriol. 'Gawsoch chi sbort?' Yna aeth yn ei flaen heb aros am ateb. 'Wel, ges *i* fore arbennig,' meddai. 'Dw i wedi gallu prynu darn hanner coron Fictoria 1841. Maen nhw'n brin iawn. Do'n i erioed wedi meddwl y byddwn i'n dod ar draws un yma heddiw.'

'Ond paid â dweud faint dalest ti amdano,' meddai Mam-gu braidd yn sur.

'Elen fach,' atebodd Taid yn hapus, 'roedd e'n fargen! A dw i wedi trefnu mynd i weld y dyn yn ei siop yng Nghaerdydd i ffeirio rhai o'r darnau arian eraill sy gen i. Dw i'n bwriadu mynd fory.'

'Na, dim fory. Gwell i ti orffwys fory, Gruffydd bach,' meddai Mam-gu'n bendant. 'Cofia dy fod ti wedi bod yn sâl.'

'Paid â gwneud ffŷs, Elen,' atebodd Taid. 'Dw i'n iawn. Ble buoch chi 'te, fechgyn?'

Dangosodd M-M ei wats newydd â balchder mawr ac allai Taid a Mam-gu ddim peidio â gwenu wrth weld ei frwdfrydedd. Dangosodd Tomos ei gopi yntau o *Taith i Blaned y Saffir*. Roedd e ar dân eisiau sôn am y llyfr am Lan y Mordraeth, a'r hyn ddywedodd y fenyw ar y stondin am Lys Undeg, ond penderfynodd beidio. *Mae Mam-gu'n amlwg yn poeni am Taid*, meddyliodd. *Beth petawn i'n ei ypsetio? Beth petai e'n cael ei gymryd yn sâl eto?* Felly, ddywedodd Tomos 'run gair.

'Beth am damaid o ginio 'te?' holodd Mam-gu. 'Fe welais i stondin fan draw sy'n gwerthu byrgyrs cig oen Cymru. Beth amdani, fechgyn? Mae'n siŵr eich bod ar lwgu erbyn hyn!'

Roedd yr arogl coginio wrth iddyn nhw ddynesu at y stondin yn ddigon i dynnu dŵr o ddannedd pawb. Doedd dim rhyfedd felly eu bod wedi mwynhau eu cinio'n fawr – ac er mwyn cael tawelwch, prynodd Mam-gu fyrgyr ychwanegol i Mostyn.

'Rhaid 'mod i'n mynd yn wirion bost,' mwmianodd, 'yn prynu byrgyr cig oen i gi! Welest ti nhw'n chwerthin ar y stondin, Gruffydd?'

Roedd Taid yn gwenu. 'Roedden nhw'n meddwl dy fod ti'n mynd i fwyta dau fyrgyr, siŵr o fod!' meddai.

'Beth?' Roedd Mam-gu o'i cho, ond buan y dechreuodd hithau chwerthin.

Ar ôl iddyn nhw grwydro tipyn eto, penderfynodd Taid ei bod hi'n bryd cychwyn am adre. Roedd hi wedi bod yn braf trwy'r dydd, ond erbyn hyn roedd yr awyr wedi tywyllu, ac roedd hi'n glòs iawn hefyd – yn union fel petai storm ar y ffordd.

Roedd pawb yn dawedog iawn ar y daith adre, ac am unwaith gorweddai Mostyn yn llonydd a distaw. Roedd Mam-gu wedi blino, ac roedd Taid yn meddwl am ei fargen arbennig. Daliai M-M i syllu'n gariadus ar ei wats Mickey Mouse. A beth am Tomos? Roedd pennawd y papur newydd yn chwyrlïo trwy ei feddwl drosodd a throsodd – '*Llys Undeg: Beth yw'r gwirionedd?*'

Chafwyd yr un storm mellt a tharanau y noson honno, ac erbyn iddyn nhw gyrraedd

Glan y Mordraeth roedd yr haul yn tywynnu unwaith eto. Trodd Taid y car i mewn i ddreif Llys Undeg a gyrru trwy dwnnel tywyll y coed. Pan ddaeth yr hen blasty bach i'r golwg o'u blaenau, gwelson nhw rywbeth arall hefyd. Roedd car mawr llwyd wedi'i barcio o flaen y plasty. Car Brett.

O *na!* Ddywedodd neb 'run gair, ond suddodd calonnau pawb. Doedd neb eisiau cwmni Brett heddiw eto. Wrth iddyn nhw ddod allan o'r car, roedd sŵn cerddoriaeth aflafar yn dod o gyfeiriad y pwll nofio.

'Beth gynllwyn sy'n digwydd draw fan'na?' meddai Mam-gu'n ddig.

'Paid â gwylltio, Elen,' meddai Taid yn fwyn, 'fe af fi i weld.'

Ond cyn iddo gael cyfle i fynd, daeth Brett i'r golwg, a Wendy ar ei ôl, a'r ddau'n gwisgo dillad nofio.

'O, dyma chi,' meddai Brett yn hyderus. 'Ble fuoch chi mor hir? Roedd Wendy a fi'n ei gweld hi'n braf, felly dyma ni'n penderfynu dod draw i ddefnyddio'ch pwll nofio chi. Sdim pwynt cael un os nad yw'n cael ei ddefnyddio, nac oes? Beth am ddiod? Fe ddaethon ni â *Coke* a shandi gyda ni.'

Seiniai'r miwsig yn uwch nag erioed o gyfeiriad y pwll nofio. '*Dim ond ti am byth i fi,*' canai rhywun nerth ei geg.

Trodd Mam-gu tuag at y plasty heb ddweud gair. Arhosodd Taid i ateb Brett yn gwrtais. Rhedodd Wendy heibio i Brett a dilyn Mam-gu at y tŷ.

'Chi'n fodlon i ni ddod, on'd 'ych chi?' gofynnodd ychydig yn ansicr, a golwg bryderus arni. 'Do'n *i* ddim yn siŵr, ond roedd Brett yn mynnu y byddech chi'n fodlon.'

Roedd golwg mor drist arni nes i Mam-gu gymryd trueni drosti. 'Wrth gwrs y cei di ddod yma,' meddai'n garedig. 'Ond beth am ddiffodd y sŵn ofnadwy 'na?' ychwanegodd.

'Ar unwaith,' meddai Wendy gan wenu. 'Mae'n rhaid i ni fynd cyn bo hir, 'ta beth. Mae Brett yn gorfod gweithio'n nes 'mlaen.'

Tra bod Mam-gu a Wendy'n siarad, roedd Brett wedi dilyn Taid i mewn i'r tŷ, ac i stafell yr arian a'r bathodynnau.

Trodd Tomos at M-M. 'Dw i'n mynd â Mostyn am dro i'r traeth,' meddai'n gyflym. 'Alla i ddim diodde cael Brett o gwmpas y lle.'

'Fe ddo i gyda ti,' cytunodd M-M ar unwaith. Edrychodd ar ei wats. 'Hanner awr wedi pedwar.

Bydd Mam yn dal i fod wrth y stondin. Dw i ishe dangos y wats iddi.'

Rhedodd Tomos ac M-M i ddweud wrth Mam-gu eu bod yn mynd i'r traeth. 'Mi fydda i'n dechrau paratoi swper cyn hir,' meddai hithau. 'Hoffet ti ddod 'nôl i gael swper gyda ni heno, M-M?'

Roedd llawer o bobl ar y traeth o hyd, a stondin Mrs Mahoney'n eitha prysur. Edrychai'n flinedig, ond cymerodd ddiddordeb mawr yn y wats Mickey Mouse.

Gwenodd wrth holi'r bechgyn am eu taith. 'Brynest ti rywbeth, Tomos?' gofynnodd. 'Gyda llaw, hoffet ti gael hufen iâ? Dw i wedi cael blas newydd arall heddiw – cnau coco a lemwn. Hoffwn i gael dy farn di. Mae'r hufen iâ eirin gwlanog yn gwerthu'n dda.'

Cynigiodd gorned yr un o'r hufen iâ newydd i'r bechgyn, a chymerodd y ddau amser i'w flasu.

'Digon blasus, ond ddim cystal â'r hufen iâ eirin gwlanog na'r un taffi triog,' oedd barn M-M.

'Ti a dy daffi triog!' chwarddodd ei fam.

'Mae Mam-gu Tomos 'di gofyn i fi fynd i gael swper gyda nhw. Ga i fynd?' holodd M-M.

Petrusodd ei fam am eiliad. 'Wel, wrth gwrs,' meddai. 'Mae Mam-gu Tomos yn amlwg yn fenyw garedig iawn. Ond . . . cofia gymryd gofal yn Llys Undeg, wnei di?'

Syllodd Tomos arni mewn syndod. *Pam roedd Mrs Mahoney'n meddwl bod angen i M-M gymryd gofal yn Llys Undeg? Beth oedd hi'n ei wybod am y lle?* Teimlai Tomos ym mêr ei esgyrn fod rhywbeth ofnadwy wedi digwydd yno. Ond beth? Ac os na allai ddarganfod beth oedd o'i le, tybed a allai trychineb arall ddigwydd yno hefyd?

Y bore wedyn, pan aeth Tomos i lawr i'r gegin, roedd Mam-gu'n dweud y drefn wrth Taid.

'Na, Gruffydd,' meddai Mam-gu, 'dwyt ti'n bendant *ddim* yn cael mynd i Gaerdydd heddi. Dod yma er mwyn i ti gael gorffwys wnaethon ni, ac fe gawson ni ddiwrnod prysur ddoe. Rhaid i ti orffwys heddiw.'

'Paid â gwneud ffŷs,' mwmianodd Taid yn anfodlon.

Meddyliodd Tomos fod Taid yn edrych yn eitha blinedig, felly meddai, 'Hoffet ti fenthyca fy *iPad* i, Tad-cu? Falle y gallet ti wneud rhagor o ymchwil ar y darn arian brynest ti ddoe.'

'Syniad da,' cytunodd Mam-gu'n frwdfrydig. 'Wedyn gallech chi'ch dau, ac M-M os wyt ti ishe, Tomos, fynd i Gaerdydd fory. Fydda i ddim yn dod – mae gormod o bethau i'w gwneud yma. Falle y gallech chi fynd i'r amgueddfa ar ôl i chi fod yn y siop.'

Amgueddfa? Yng nghanol y gwyliau? Dim diolch! meddyliodd Tomos.

Aeth Mam-gu yn ei blaen, 'Tomos, pa ddillad ysgol fydd eu hangen arnat ti? Falle y gallen ni fynd i siopa yn nes 'mlaen heddi.'

O na! Mynd i siopa am ddillad! Ych a fi!

'O, mae'r rhestr yn y fflat, dw i'n credu,' mwmianodd Tomos. 'Dw i ddim yn siŵr, a dweud y gwir. Bydd Mam yn gwybod.'

'Fe ffonia i hi,' meddai Mam-gu.

'Af innau i nôl yr *iPad*,' meddai Tomos er mwyn troi'r sgwrs.

Rhedodd i fyny'r grisiau ac ar hyd y coridor i'w stafell. Roedd yr *iPad* ar y bwrdd wrth ochr y gwely. Disgleiriai'r haul yn gynnes er mor gynnar oedd hi, a theimlai'r stafell yn glòs. *Gwell i mi agor y ffenest*, meddyliodd Tomos. Aeth draw a chodi'r ffenest i'w hanner, yna edrych allan ar y lawnt lle roedd Mostyn yn rhedeg o gwmpas. Gallai Tomos weld adlewyrchiad ei wyneb yn y drych – y gwallt coch yn sefyll i fyny'n bigau syth, gan nad oedd wedi ei gribo ar ôl codi o'i wely.

Yn sydyn, gwelodd rywbeth arall hefyd.

Roedd wyneb arall yn y drych. Wyneb y tu ôl iddo yn y stafell, yn syllu dros ei ysgwydd. Wyneb gwelw a dau lygad tywyll. Chwyrlïodd Tomos o gwmpas. Doedd neb yno. Edrychodd yn y drych eto. Gwelai ei adlewyrchiad ei hun – ond dim byd arall. *Ond fe welais i wyneb rhywun*, meddyliodd. *Wyneb pwy oedd e?* Ceisiodd gofio'r hyn a welodd. *Neb dw i'n ei nabod*, meddyliodd. *Wyneb ifanc oedd e – wyneb bachgen.* Cofiodd Tomos am y papur wal yn y cwpwrdd; am y beic yn y sièd; am y pennawd yn yr hen bapur newydd, '*Llys Undeg: Beth yw'r gwirionedd?*'

Roedd wedi dychryn yn lân – roedd yn rhaid iddo ddianc o'r stafell ar unwaith. Rhuthrodd i lawr y grisiau a'r *iPad* yn ei law. Baglodd ar y gris isaf a bu bron iddo syrthio ar ei hyd ar y llawr pren.

Roedd Taid yn dod o stafell y casgliad arian. 'Hei, bydd yn ofalus,' meddai. 'Dy'n ni ddim ishe i ti gael dolur.'

'Dyma'r *iPad*,' meddai Tomos, yn fyr ei anadl.

'O, diolch.' Ond doedd Taid ddim yn canolbwyntio. 'Mae 'na rywbeth od wedi digwydd. Mae rhai darnau arian fel petaen nhw ar goll. Rhaid 'mod i wedi'u rhoi nhw yn rhywle arall, achos dw i'n cofio'u dadbacio nhw, ond fedra i yn fy myw ddod o hyd iddyn nhw yn y cwpwrdd gwydr . . . Ti'n cofio gweld doler Banc Lloegr 1804 a sofren Siôr y Pedwerydd 1826?'

'Nadw. Mae'n siŵr 'u bod nhw yma yn rhywle.' Doedd fawr o ddiddordeb gan Tomos yn y darnau arian, ac roedd ei feddwl ar bethau eraill. *Wnes i ddim dychmygu'r peth*, meddyliodd. *Dw i'n siŵr fod rhywbeth rhyfedd iawn yn digwydd yn fy stafell i.* Doedd e ddim eisiau meddwl am y peth – roedd gormod o ofn arno – ond teimlai fod yn rhaid iddo gael gwybod mwy am hanes Llys Undeg.

Ond pwy allai e ei holi? Doedd e ddim yn adnabod fawr o neb yng Nglan y Mordraeth. Yna cofiodd am Mrs Mahoney, mam M-M. *Fe ofynna i iddi hi*, meddyliodd. *Mae hi'n amlwg yn gwybod rhywbeth am orffennol Llys Undeg.*

Aeth i chwilio am Mam-gu. 'Dw i'n mynd am dro i'r traeth,' meddai wrthi. 'Wedyn falle af i i weld M-M.'

Roedd Mam-gu wrthi'n ceisio gwneud galwad ar ei ffôn symudol. Ysgydwodd y ffôn fel petai'n ceisio'i gael i weithio'n well. 'O, yr hen ffôn 'ma . . .' cwynodd. 'Dw i'n trio ffonio dy fam, ond peiriant ateb dw i'n gael bob tro.'

'Falle 'i bod hi mewn cyfarfod,' meddai Tomos. 'Pan mae hi'n brysur, mae'n diffodd y ffôn.'

Edrychai Mam-gu braidd yn flin. 'Wel, dw i wedi gadael sawl neges iddi, yn gofyn iddi fy ffonio ar unwaith.'

Penderfynodd Tomos beidio â mynd â Mostyn gydag e. Roedd hwnnw newydd gael asgwrn arall gan Mam-gu a bellach roedd wrthi'n brysur yn ei gnoi y tu allan i'r drws cefn.

Aeth Tomos i nôl ei feic, ac i ffwrdd ag ef. Cododd y beic dros y gamfa a chychwyn am y traeth. Doedd dim sôn am M-M yn y Tŷ To Glas, ond gallai Tomos glywed sŵn radio'n dod trwy'r ffenest agored. Wnaeth e ddim canu'r gloch – roedd e'n awyddus i gael sgwrs ar ei ben ei hun gyda Mrs Mahoney. Reidiodd ymlaen i'r traeth. Roedd y stondin hufen iâ ar agor yn barod a gwenodd Mrs Mahoney wrth weld Tomos yn dod tuag ati.

'Roedd M-M wedi mwynhau ddoe'n arw iawn,' meddai. 'Dw i ddim yn meddwl y bydd e byth yn tynnu'r wats Mickey Mouse oddi ar ei arddwrn.'

Gadawodd Tomos ei feic ar y tywod wrth y stondin. 'Fe wnes innau fwynhau hefyd,' atebodd. 'Ym, Mrs Mahoney, ga i ofyn rhywbeth i chi? Dw i'n trio darganfod, ym, dw i eisiau gwybod . . .' Doedd Tomos ddim yn siŵr sut i ofyn y cwestiwn, ond o'r diwedd meddai'n blwmp ac yn blaen, 'Beth ddigwyddodd yn Llys Undeg? Roedd 'na fachgen bach yn byw yno, on'd oedd e? Beth ddigwyddodd iddo fe? Oes rhywbeth ofnadwy wedi digwydd yn hanes y tŷ?'

Ciliodd gwên Mrs Mahoney. 'Twt, twt,' meddai, 'paid â bod yn wirion, Tomos. Roedd 'na ryw straeon slawer dydd – ond dim ond straeon oedden nhw, cofia. Falle nad oedden nhw'n wir. A dw i ddim yn cofio'r hanes i gyd 'ta beth – roedd y cyfan wedi digwydd ymhell cyn i mi ddod yma. Roedd fy mam-yng-nghyfraith yn llawn straeon am bob math o bethau yn y pentref, ond dyna i gyd oedden nhw – straeon.'

Teimlai Tomos yn siŵr ei bod hi'n gwybod mwy nag oedd hi'n fodlon ei ddweud. Agorodd ei geg i holi ymhellach, ond ychwanegodd Mrs Mahoney'n benderfynol, ''Ta beth, sdim pwrpas mewn ailgodi hen hanes. Digwyddodd y cyfan mor bell yn ôl. Ishe anghofio am bethau fel'na sy nawr.'

'Ond anghofio am beth?' mynnodd Tomos.

'Anghofio am *bopeth*,' meddai Mrs Mahoney. 'Nawr 'te, beth am i ti flasu'r hufen iâ taffi triog 'ma mae M-M mor hoff ohono?'

Roedd yn hollol amlwg nad oedd hi am ddweud rhagor.

'Diolch yn fawr,' meddai Tomos, gan geisio cuddio'i siom. Doedd dim pwynt holi ymhellach. *Pwy arall fyddai'n gwybod, tybed?* Meddyliodd am Tad-cu Daf. *Ond alla i ddim curo ar ddrws tŷ Glyn a mynnu siarad â'i hen dad-cu*, meddyliodd, *ddim ar ôl ei ymateb echdoe. Beth alla i wneud?*

Gan adael y beic wrth y stondin, aeth Tomos am dro ar hyd y traeth er mwyn cael cyfle i fwyta'r hufen iâ taffi triog. Edrychodd allan i'r môr gan sylwi nad oedd y llanw wedi dechrau llifo i mewn eto. Yna'n sydyn clywodd lais y tu ôl iddo. 'Hei, aros i fi!'

Trodd a gweld M-M yn rhedeg ar hyd y traeth tuag ato. 'Ble ti'n mynd?' holodd. 'Welais i mohonot ti'n pasio'r tŷ. Pam na wnest ti alw amdana i?'

'Ro'n i'n mynd i alw ar fy ffordd 'nôl,' atebodd Tomos.

'Hei, mae gen i newyddion pwysig,' meddai M-M.

'Newyddion pwysig?' atebodd Tomos yn eiddgar. Llamodd ei galon. *Oedd M-M wedi darganfod rhywbeth am hanes Llys Undeg?*

'Dw i wedi dod o hyd i ddwy o ffilmiau Steffan Walinski. Pan brynest ti'r llyfr 'na ddoe, fe gofiais i amdanyn nhw. Ro'n i'n gwybod 'u bod nhw gen i yn rhywle. Hoffet ti eu gwylio nhw?'

'Iawn, grêt,' atebodd Tomos mewn llais braidd yn fflat.

Am siom! Ond, wrth gwrs, doedd Tomos ddim wedi sôn am ei amheuon ynghylch Llys Undeg wrth M-M. Sut allai e wybod? Ond roedd M-M wedi sylwi ar ddiffyg brwdfrydedd Tomos. Meddai'n siomedig, 'O wel, os nad wyt ti ishe'u gweld nhw . . .'

'Wrth gwrs 'mod i,' atebodd Tomos ar unwaith. Teimlai'n euog wrth weld y siom yn llygaid ei ffrind. 'Pa rai ydyn nhw?' Yna'n sydyn cafodd syniad gwych.

'Hei,' meddai. 'Ddwedest ti dy fod ishe gweld y ffilm newydd. Mae Taid a fi'n mynd i

Gaerdydd fory a dywedodd Mam-gu y gallet ti ddod hefyd, os wyt ti ishe. Beth am i ni fynd i weld *Targedu Troiana*? Mae'n rhaid bod rhyw sinema yng nghanol y ddinas yn dangos y ffilm. Beth amdani?'

'Epic!' Roedd M-M wrth ei fodd. 'Ond beth am Glyn? Roedd e ishe'i gweld hi hefyd. Gaiff Glyn ddod gyda ni?'

Gwelodd Tomos ei gyfle. 'Beth am i ni fynd i ofyn iddo fe?' awgrymodd.

Rhedodd M-M i nôl ei feic, ac ymhen dim amser roedd y ddau ar eu ffordd i'r pentref. Roedd M-M wedi cael rhestr gan ei fam o bethau roedd angen iddo'u prynu o'r archfarchnad hefyd.

Unwaith eto, parciodd y bechgyn eu beics wrth dŷ Glyn. Canodd M-M y gloch a phwyso ar y drws fel y gwnaeth o'r blaen, ond y tro hwn roedd y drws ar glo.

'Dyna beth od,' meddai M-M a chanu'r gloch eto. Daeth sŵn traed yn rhedeg i lawr y grisiau o'r llofft, a daeth merch i agor y drws. 'Haia M-M,' meddai, yna edrychodd â diddordeb ar Tomos.

'Haia, Meryl,' meddai M-M. Trodd at Tomos.

'Chwaer Glyn – wel, ei efeilles yw hi, a dweud y gwir,' eglurodd. 'Ydy e i mewn?' gofynnodd.

'Mae Mam wedi mynd â Tad-cu Daf i'r ysbyty – apwyntiad llygaid,' meddai Meryl. 'Mae Glyn wedi mynd i helpu.' Trodd i siarad gyda Tomos. 'Ti sy'n byw yn Llys Undeg, ife?'

'Dw i'n aros yno dros yr haf.' Teimlodd Tomos ei hun yn gwrido, fel y gwnâi bob amser wrth siarad gyda merched. Gallai Tomos weld bod Meryl yr un ffunud â'i brawd. Fel Glyn, roedd ganddi wallt golau, a hwnnw'n hir at ei hysgwyddau, ac roedd ei llygaid tywyll yn llawn direidi.

'Dyw Tad-cu Daf ddim wedi stopio siarad amdanat ti ers i ti fod yma,' meddai.

'Amdana i?' holodd Tomos yn llawn syndod.

'"Y bachgen o Lys Undeg. Bachgen bach annwyl. Ble aeth e? Beth ddigwyddodd iddo fe? Sneb yn gwybod." Dyna roedd e'n ei ddweud, drosodd a throsodd.' Chwarddodd. 'Mae e'n drysu weithiau, druan. Ond fe alla i ddweud wrtho fe 'mod i wedi dy weld di ac nad wyt ti wedi mynd i unman. Ddweda i wrth Glyn eich bod chi wedi galw. Hwyl nawr!' meddai Meryl gan gau'r drws.

Safodd Tomos gan syllu o'i flaen. *Y bachgen o Lys Undeg – nid amdana i roedd yr hen ddyn yn sôn, meddyliodd. Roedd e'n sôn am y bachgen welais i yn y ffenest, yr un sy biau'r beic . . .*

'Hei, ti'n gwrando?' Roedd M-M yn colli amynedd. 'Beth sy'n bod arnat ti? Ti'n hanner cysgu heddiw. Rhaid i fi fynd i'r siop i nôl y pethau 'ma i Mam. Wnei di ofalu am y beics?'

'Iawn.'

Pwysodd Tomos ar y wal ger tŷ Glyn. Wal yr eglwys oedd hi. A'i feddwl ymhell, trodd i edrych ar yr eglwys a safai'n gadarn fel y gwnaeth ers canrifoedd, a'r coed yw yn cysgodi'r beddau o'i chwmpas. *Y beddau!* Yn sydyn cafodd Tomos syniad. *Byddai pobl leol yn cael eu claddu ym mynwent yr eglwys pan oedden nhw'n marw. Tybed oedd aelodau o deulu Llys Undeg yn y fynwent – aelodau o deulu'r bachgen, efallai?* Anghofiodd Tomos am warchod y beics ac aeth trwy'r glwyd a dechrau darllen yr arysgrifau ar y cerrig beddau. Doedd ganddo ddim syniad am ba enw y dylai chwilio, ond roedd enw cartref y sawl oedd wedi eu claddu yno ar y rhan fwyaf o'r cerrig beddau hefyd.

Cerddodd ar hyd y rhesi igam ogam, ond

doedd dim sôn am Lys Undeg. Yna, yn y gornel bellaf, daeth Tomos ar draws hen fedd ac iorwg yn tyfu'n drwchus drosto. Roedd hi'n gwbl amlwg nad oedd neb byth yn dod ar gyfyl y fan hon. Ar y garreg fedd roedd y geiriau hyn: 'Dafydd Stanley, Llys Undeg, a fu farw 4 Awst 1950 yn 30 oed, a'i wraig Megan Stanley, Llys Undeg, a fu farw 4 Medi 1950 yn 29 oed'. *Beth? Roedd Dafydd Stanley a Megan Stanley wedi marw o fewn mis i'w gilydd, ac roedden nhw'n ifanc iawn hefyd. Doedd dim sôn am fachgen bach* . . . Syllodd Tomos ar y garreg fedd. Doedd e ddim yn deall. *Wyneb bachgen bach roedd e wedi'i weld. Ond pwy oedd e, a beth ddigwyddodd iddo?* Yn sydyn canodd ei ffôn symudol a bu bron i Tomos neidio allan o'i groen.

'Helô?'

'Haia Tomos.' Mam oedd yn siarad, ac roedd hi'n swnio fel petai hi ar frys. 'Mae dy fam-gu wedi gadael rhyw neges ryfedd ar fy ffôn yn dweud bod angen i mi gysylltu ar unwaith, a nawr dyw hi ddim yn ateb ei ffôn. Oes rhywbeth yn bod?'

'Na, dim byd. Mae popeth yn iawn. Sut mae'r gwaith yn mynd?'

'Alla i ddim siarad nawr. Dw i'n brysur iawn. Oes gen ti ryw syniad pam roedd Mam-gu'n ffonio?'

Eglurodd Tomos am y rhestr o ddillad ysgol, a dechreuodd Mam ateb. Yna clywai Tomos lais yn y cefndir yn torri ar ei thraws. 'Iawn, Dafydd,' meddai Mam. 'Tomos, rhaid i mi fynd nawr, cariad. Dw i ar fin mynd i gyfarfod pwysig. Fe ffonia i eto heno.' Gorffennodd yr alwad.

'Hei, Tomos!' Brysiai M-M ar hyd llwybr y fynwent, a bag o siopa yn ei law. 'Dyna wyt ti'n ei alw'n gofalu am y beics? Eu gadael nhw'n pwyso yn erbyn y wal a chrwydro bant! Pam oeddet ti'n mynd rownd y beddau ta beth?'

Edrychai'n syn. Yn sydyn teimlai Tomos fod yn rhaid iddo sôn wrth rywun am y pethau rhyfedd oedd yn digwydd yn Llys Undeg, ac am y bachgen. Byddai'n dda cael trafod gydag M-M. Ac eto . . .

'Mam oedd ar y ffôn,' eglurodd yn wan.

Syllodd M-M am eiliad, fel petai e ddim yn siŵr a oedd Tomos yn dweud y gwir ai peidio, yna meddai, 'Dere, awn ni â'r siopa 'ma'n ôl i Mam, wedyn gallwn ni fynd i wylio'r ddwy ffilm.'

'Mae llyfr 'da fi,' meddai Tomos, 'am y ffilm newydd. Mae e yn fy stafell i yn Llys Undeg. Hoffet ti 'i fenthyca fe?'

'Cŵl!'

'Dere gyda fi i Lys Undeg i'w nôl e 'te!'

Ond yn gyntaf roedd yn rhaid i M-M fynd â'r siopa'n ôl i'w fam. Aeth Tomos gydag ef at y stondin. Roedd Mrs Mahoney'n eitha prysur yn gwneud brechdanau i gwsmeriaid, ond diolchodd i'r bechgyn am y siopa. Teimlai Tomos rywsut nad oedd hi'n edrych i fyw ei lygaid wrth siarad ag e, fel petai hi'n teimlo'n annifyr . . .

Yna reidiodd y ddau eu beics ar hyd y llwybr i Lys Undeg, a gadael y beics o flaen y drws ffrynt. Roedd y drws ar agor, ac wrth iddyn nhw redeg ar draws y cyntedd galwodd Tomos,

'Taid! Mam-gu! Dw i'n ôl!' Doedd dim ateb. Cymerodd Tomos gip yn y gegin ac yn y stafell ffrynt. Doedd neb yno. *Ble yn y byd oedden nhw?*

'Dere i nôl y llyfr,' meddai wrth M-M, gan arwain y ffordd i fyny'r grisiau ac ar hyd y coridor i'w stafell.

Doedd M-M ddim wedi bod ar lawr uchaf Llys Undeg o'r blaen, ac edrychodd o'i gwmpas â diddordeb mawr.

'Hei! Coridor yn arwain yn arbennig at dy stafell wely di! Cŵl!' ebychodd.

Er bod y coridor yn dywyll, roedd yr haul llachar y tu allan yn goleuo stafell Tomos.

Edrychodd M-M i mewn. 'Dw i'n hoffi dy stafell di,' meddai. 'Ac mae dau wely 'ma hefyd,' ychwanegodd. 'Ga i ddod yma i aros rywbryd?'

Aeth Tomos draw at y cwpwrdd mawr i nôl y llyfr tra safai M-M wrth y drws agored. Daeth Tomos o hyd i'r llyfr a throi i'w estyn i M-M – a gwelodd gysgod y tu ôl iddo yn y coridor – cysgod siâp bachgen. Gwelwodd Tomos. 'Bydd yn ofalus! Gwylia!' meddai'n daer. Prin y gallai gael y geiriau allan.

Edrychodd M-M o'i gwmpas. 'Pam?' holodd yn syn.

'Roedd rhywun yn sefyll y tu ôl i ti,' meddai Tomos, ond hyd yn oed wrth ddweud y geiriau teimlai'n wirion. Doedd dim golwg o neb y tu ôl i M-M nawr.

'Wyt ti'n trio gwneud ffŵl ohona i?' gofynnodd M-M gan chwerthin.

Wyddai Tomos ddim beth i'w ddweud, ac eto roedd yn berffaith siŵr ei fod wedi gweld rhywun neu rywbeth yn y coridor.

Cyn iddo gael cyfle i ddweud rhagor, canodd ffôn symudol M-M, ac estynnodd ef o'i boced. 'Tecst oddi wrth Glyn,' meddai. 'Yn holi pam roedden ni wedi galw. Ga i ffonio i ddweud ein bod ni'n bwriadu mynd i weld y ffilm?'

'Gad i fi ofyn i Taid gynta,' atebodd Tomos. 'Dere i chwilio amdano fe. Rhaid 'i fod e o gwmpas yn rhywle.'

Rhedodd y bechgyn yn ôl ar hyd y coridor ac i lawr y grisiau. Allai Tomos ddim peidio ag edrych o'i gwmpas. *Oedd rhywun yno, tybed, yn cuddio mewn rhyw gornel?*

Wrth iddyn nhw gyrraedd y cyntedd, daeth Mam-gu a Taid i mewn trwy'r drws ffrynt, yn cario cwpanau gwag.

'Haia, Tomos,' meddai Mam-gu. 'Helô, M-M. Wedi bod wrth y pwll nofio'n cael paned o goffi ydyn ni. Mae hi'n boeth iawn heddiw. Synnwn i ddim na fydd 'na storm o fellt a tharanau cyn bo hir iawn.'

'Taid,' meddai Tomos, 'pan fyddwn ni'n mynd i Gaerdydd fory . . .' Soniodd am y ffilm. Gloywodd llygaid Taid. 'Syniad da,' meddai.

'Hei, byddwn innau wrth 'y modd yn gweld y ffilm 'na – hoffet ti ddod?' gofynnodd i M-M.

'Wel, byddai ffrind arall i ni, Glyn, yn hoffi dod hefyd,' meddai Tomos.

'Wrth gwrs,' cytunodd Taid. 'Bydd digon o le i bawb.'

Gwenodd Mam-gu. 'Dw i'n falch dy fod ti'n gwneud ffrindiau'n barod,' meddai wrth Tomos.

Oes, mae gen i ffrindiau, meddyliodd Tomos. Ond mae 'na rywun arall yn Llys Undeg hefyd – a dw i ddim yn gwybod a yw hwnnw'n gyfeillgar neu beidio.

Fel arfer, Mam-gu wnaeth y trefniadau, er nad oedd hi'n bwriadu mynd ar y daith i Gaerdydd. Yn brydlon am naw o'r gloch fore Gwener, cyrhaeddodd M-M a Glyn. Roedd Tomos yn disgwyl amdanyn nhw ar risiau ffrynt Llys Undeg. Edrychai ymlaen at weld y ffilm eto gyda'i ffrindiau, ond roedd hefyd yn gobeithio y gallai droi'r sgwrs gyda Glyn rywsut at yr hyn roedd ei hen dad-cu wedi'i ddweud am y bachgen o Lys Undeg. Teimlai'n gwbl gymysglyd. Wrth gwrs, roedd e'n awyddus iawn i ddarganfod y gwir am Lys Undeg, ond hefyd teimlai'n ofnus. *Beth os do i o hyd i ryw wybodaeth ofnadwy?*

Bu'r bechgyn yn sgwrsio am ychydig funudau; roedd Glyn wedi gweld trêlyr *Targedu Troiana*, ac yn ceisio holi Tomos am y stori, ond meddai

M-M, 'Paid â dweud gormod, neu fe fyddi di'n difetha'r ffilm i ni.'

'Shwt mae dy hen dad-cu?' holodd Tomos.

'O, iawn,' meddai Glyn braidd yn syn, 'ond mae e'n gymysglyd iawn y dyddiau 'ma. Mae'n sôn amdanat ti drwy'r amser.'

'Fi? Ond beth mae e'n 'i ddweud?' holodd Tomos yn gyflym.

'O, rhywbeth am y bachgen o Lys Undeg. Dy'n ni ddim yn cymryd llawer o sylw – mae e'n anghofio ble mae e weithiau ac yn meddwl 'i fod e'n byw yn y gorffennol.'

'Ga i ddod i'w weld e eto'n fuan?' gofynnodd Tomos.

'Cei, am wn i,' meddai Glyn yn ddidaro. Yna ychwanegodd yn slei, 'Byddai Meryl yn falch o dy weld di beth bynnag. Roedd hi'n meddwl dy fod di'n dipyn o bishyn!'

'Wwwwww!' meddai M-M a chwarddodd Glyn ac yntau.

Gwridodd Tomos hyd fôn ei wallt. Wyddai e ddim beth i'w ddweud.

Daeth Taid i'r golwg o'r diwedd. *Jyst mewn pryd*, meddyliodd Tomos.

'Helô, fechgyn,' meddai Taid, ond gallai Tomos weld bod ei feddwl ymhell.

'Beth sy'n bod, Taid?' gofynnodd.

'Dw i wedi methu'n lân â dod o hyd i'r darnau arian yna sy ar goll,' meddai yntau.

'Mae gan Taid gasgliad o ddarnau arian prin,' eglurodd Tomos wrth Glyn.

'Weles i nhw y dydd o'r blaen,' meddai M-M. 'Mae'n gasgliad ffantastig.'

'Wel, sdim i'w wneud am y tro,' meddai Taid. 'Rhaid 'u bod nhw yma yn rhywle. Ond ro'n i wedi meddwl mynd â nhw i'w dangos i'r dyn yn y siop yng Nghaerdydd. 'Ta beth – chi'n barod i gychwyn, fechgyn? Fe awn ni i'r siop yn yr arcêd gynta, dw i'n credu, cyn cael tamaid o ginio a gweld y ffilm. Dw i erioed wedi gweld un o ffilmiau Steffan Walinski. Chi'n 'u hoffi nhw hefyd 'te?'

'Eu hoffi nhw . . . Maen nhw'n cŵl!'
'Ffantast-epic!'

Torrai M-M a Glyn ar draws ei gilydd yn eu brwdfrydedd, a doedd dim rhaid i Taid ddweud fawr ddim yr holl ffordd i Gaerdydd. Ond roedd Tomos yn dawedog iawn. Roedd un rhan o'i feddwl yn canolbwyntio ar sut y gallai ddod i wybod mwy am y bachgen o Lys Undeg, ond roedd rhan arall yn ceisio ymdopi â'r hyn ddywedodd Glyn am Meryl yn ei ffansïo . . .

111

Ac roedd Meryl hefyd yn siŵr o fod yn mynd i Ysgol Dafydd Morgan ym mis Medi! Ochneidiodd Tomos. *Roedd bywyd yn gymhleth iawn weithiau!* meddyliodd.

Parciodd Taid y car ar lawr uchaf un o'r meysydd parcio mawr yng nghanol Caerdydd, yna aeth ef a'r bechgyn i'r arcêd i chwilio am y siop hen bethau. Roedd Taid wedi dod â rhai eitemau gydag ef i'w trafod gyda pherchennog y siop, gan fwriadu efallai eu ffeirio am rywbeth arall. Roedd yn dal yn siomedig nad oedd wedi dod o hyd i'r cyfan roedd e eisiau eu dangos. Daethon nhw o hyd i'r siop yn rhwydd, a chafodd Taid groeso cynnes yno. Blinodd Glyn a Tomos ar y drafodaeth ar ôl tipyn ac aethon nhw i edrych o gwmpas y siop. Yn un gornel roedd casgliad o hen gomics, pob un yn ei amlen blastig ei hun, ac aeth y bechgyn ati i'w darllen. Ond arhosodd M-M wrth ochr Taid yn gwrando â diddordeb mawr ar y sgwrs rhyngddo ef a dyn y siop. O'r diwedd roedd Taid wedi gorffen trafod, ac wedi cytuno ffeirio dau o'i ddarnau arian am ddarn coron gwerthfawr iawn.

'Darn coron 1847 a phen Fictoria arno mewn steil Gothig,' meddai M-M wrth Tomos.

'Dw i'n mynd i ddechrau casgliad o ddarnau arian,' ychwanegodd wrth Taid. 'Mae'n sobor o ddiddorol ac mae rhai darnau'n werth cannoedd o bunnoedd! Fe fydda i'n edrych ym mocs arian Mam pan ddaw hi ag e'n ôl o'r stondin heno, rhag ofn bod rhywbeth diddorol ynddo!'

Roedd Taid wrth ei fodd yn gweld brwdfrydedd M-M. 'Gei di fenthyca llyfr gen i i dy helpu,' meddai.

Y peth nesaf oedd dewis lle addas i gael cinio. Roedd Mam-gu wedi eu siarsio, 'Peidiwch â bwyta sothach, cofiwch!'

Roedd hi'n llwydaidd iawn yn y ddinas. Unwaith eto roedd cymylau dros yr haul a phawb yn credu bod storm o fellt a tharanau ar y gorwel. Penderfynodd pawb ei bod hi'n rhy boeth i gael cinio mawr. Roedd Tomos a Taid cyn dod wedi edrych ar yr *iPad* i weld ble roedd y sinema agosaf oedd yn dangos *Targedu Troiana*, felly aethon nhw i gaffi gerllaw a chael brechdanau a salad.

Dros ginio, bu'r bechgyn yn egluro cefndir y ffilm i Taid.

'Mae Steffan Walinski'n chwarae rhan Cai, arwr sy'n ymladd yn erbyn y wrach . . .'

'Meganna yw hi, ac mae hi'n dod o blaned arall i ymosod ar Cai . . .'

'Na, nid ar Cai, ond ar ei gariad, Carita . . .'

'Ie, brenhines Troiana . . .'

'Hei, 'rhoswch funud, peidiwch â dweud gormod, neu fe fydda i'n gwybod y stori i gyd!' meddai Taid gan chwerthin.

Yna i mewn â'r pedwar i'r sinema. Wrth y drws prynodd Taid baced mawr o bopcorn yr un i bawb. 'Dw i ddim wedi cael popcorn yn y sinema ers blynyddoedd,' meddai. Dechreuodd bwffian chwerthin. 'Dw i'n cofio mynd i'r sinema gyda Nain pan o'n i'n ifanc,' meddai, 'ac fe brynodd hi bwys o geirios i ni eu bwyta yn ystod y ffilm. Fe wnaethon ni fwyta pob un ond chwech tra oedden ni'n gwylio'r ffilm yn y sinema dywyll. Pan ddaethon ni allan, ro'n i ishe bwyta'r gweddill – ond roedd mwydyn ymhob un! Ac roedd Nain o'i cho wrth feddwl ein bod ni wedi bod yn bwyta ceirios yn llawn mwydod trwy gydol y ffilm!'

'Ych a fi!' meddai Glyn, gan edrych yn ofalus ar y darn popcorn yn ei law.

'Paid â bod yn dwp,' meddai M-M, 'sdim mwydod mewn popcorn!'

'Ond mae Meganna o gwmpas . . .' meddai

114

Taid mewn llais bygythiol, ac ar ei waethaf archwiliodd M-M y darn popcorn oedd yn ei law cyn ei roi yn ei geg.

Roedd Tomos yn ei ddyblau.

Gan ei bod hi'n dywydd braf, doedd y sinema ddim ond yn hanner llawn. Profiad gwahanol iawn i Tomos oedd gweld y ffilm y tro hwn, yng nghwmni Taid a'i ffrindiau. O'r funud y cychwynnodd y ffilm, roedd sylw pawb wedi'i hoelio ar y sgrin. Edrychodd Tomos o'i amgylch ar y lleill yn nhywyllwch y sinema. Eisteddai M-M ar flaen ei sedd. Gwyliai Glyn â'i geg ar agor a darn o bopcorn yn ei law. Roedd Taid yn canolbwyntio ar y sgrin . . .

Wrth iddyn nhw gerdded allan o'r sinema, bu M-M a Tomos yn sgwrsio'n frwd.

'Welaist ti fel y cafodd Meganna ei gyrru i Fwlch Anghofrwydd? Ti'n meddwl mai dyna'i diwedd hi? Neu fydd hi'n ôl yn y ffilm nesa?' holodd M-M.

'Na, all Meganna byth ddod yn ôl – roedd 'i

milwyr hi'i hunan wedi troi yn 'i herbyn,' atebodd Tomos. 'Bydd yn rhaid i Cai gael gelyn arall.'

'Ond dw i ddim yn deall,' meddai Glyn. 'Pam roedd Meganna wedi cuddio Botwm y Bwlch yn stafell Carita, o bobman? Dyna'r lle *diwetha* y byddwn i wedi'i guddio.'

'Dyna oedd yn glyfar,' meddai Taid. 'Y lle mwyaf diogel i guddio unrhyw beth yw'r lle y bydd rhywun yn lleia tebygol o chwilio amdano. Pe bait ti ishe cuddio rhywbeth rhag M-M, beth fyddet ti'n neud?'

'Ei roi e dan 'y ngwely,' meddai Glyn ar unwaith.

'Na,' meddai Taid, 'y lle gorau iddo fyddai dan wely M-M. Ti'n gweld?'

'Dw i ddim yn siŵr.' Roedd Glyn yn dal yn amheus.

'Nawr 'te,' meddai Taid, 'oes rhywun ishe hufen iâ cyn i ni gychwyn am adre?'

'Dw i'n cofio,' meddai Tomos, 'pan weles i'r ffilm yn Abertawe, es i allan i gael swper wedyn ac fe ges i hufen iâ â "Thopin Troiana".'

'Beth oedd yn y topin?' holodd M-M yn eiddgar.

'O, siocled, cnau, oren . . .'

'Reit,' meddai Taid gan wenu, 'fe awn ni i'r parlwr hufen iâ 'na dros y ffordd, ac fe gawn ni hufen iâ yr un, ac fe gaiff pawb ddewis pa dopin bynnag mae e'i ishe!'

Am hwyl! Dewisodd Tomos hufen iâ fanila â thopin siocled a chnau a melon, cafodd M-M hufen iâ oren â thopin ceirios, ffrwyth kiwi a saws mefus, ac fe gafodd Glyn hufen iâ mintys glas â siocled gwyn arno. A beth am Taid? Cafodd e dipyn o bopeth!

Meddyliodd Tomos faint roedd e wedi mwynhau mynd i weld y ffilm gyda Taid a'i ffrindiau.

'Diolch, Taid,' meddai'n dawel.

'Am beth?' holodd yntau.

'Am heddiw i gyd. Ti'n iawn?' gofynnodd yn sydyn, gan weld golwg flinedig ar Taid.

'Dw i 'rioed wedi mwynhau ffilm cymaint,' atebodd hwnnw gan wenu'n hapus. 'Ac rwyt ti wedi dewis ffrindiau da iawn yn y ddau yma, Tomos.'

Roedd pawb mewn hwyliau da ar y ffordd adre, ond pan gyrhaeddon nhw Lys Undeg, roedd wyneb Mam-gu fel taran!

'Beth yn y byd sy'n bod, Elen?' gofynnodd Taid yn bryderus.

'Y bachgen 'na, Brad neu beth bynnag yw ei enw e . . .'

'Ydy Brett a Wendy wedi bod yma heddiw 'to?' holodd Tomos yn gyflym. *O na! Oedd e byth yn mynd i gael llonydd rhag Brett?*

'Brett ddaeth ar ei ben ei hun. Doedd Wendy ddim gydag e. Wnaeth e ddim canu'r gloch, hyd yn oed, dim ond cerdded i mewn yn bowld i'r cyntedd. Fe ges i andros o sioc pan welais i e'n sefyll yno. Fe ddywedais i wrtho nad oedd hi'n gyfleus iddo aros, achos 'mod i'n brysur, ond fe ddywedodd 'i fod wedi gadael 'i sbectol haul ar ôl ddoe, ac fe fynnodd fynd i chwilio amdani. Allwn i ddim gwrthod, ac fe ddaeth o hyd iddi ymhen fawr o dro, ond dw i ddim yn 'i hoffi fe o gwbl. *O gwbl*, Gruffydd – wyt ti'n deall?'

Ar ôl iddi gael dweud ei dweud, gwellodd hwyliau Mam-gu a dechreuodd holi'r bechgyn sut oedden nhw wedi mwynhau. Pan glywodd hi am yr hufen iâ, meddai wrth Taid, 'Wnest ti ddim bwyta gormod, gobeithio? Ti'n gwybod nad wyt ti i fod i fwyta gormod o bethau melys.'

'O na,' atebodd Taid gan wincio ar y lleill, 'dim ond hufen iâ bychan iawn ges i, ontefe, fechgyn?'

Wrth i Glyn ac yntau gychwyn am adre, meddai M-M wrth Tomos, 'Dw i'n hoffi dy daid! Mae e'n dipyn o gymeriad, on'd yw e!'

'Mae e fel un ohonon ni,' cytunodd Glyn.

Yn gyflym, manteisiodd Tomos ar y cyfle unwaith eto i sôn wrth Glyn am Tad-cu Daf. 'Ro'n i wrth 'y modd yn cyfarfod â dy hen dad-cu di hefyd,' meddai. 'Ga i ddod draw fory i'w weld e?'

'Wrth gwrs,' meddai Glyn, 'ond cofia beidio â sôn gair wrtho am Lys Undeg. Fe wnaeth e ypsetio'n ofnadwy am oesoedd ar ôl i ti fynd y tro diwethaf.'

Ochneidiodd Tomos. *Roedd yn rhaid iddo ddatrys dirgelwch Llys Undeg cyn iddo fynd adre! Ond sut?*

Pan ddeffrodd Tomos fore Sadwrn, doedd dim haul yn disgleirio trwy'r llenni. Wrth edrych drwy'r ffenest gwelodd fore mwll, cymylog ac argoel o storm i ddod. Unwaith eto doedd e ddim wedi cysgu'n dda oherwydd bu'n breuddwydio trwy'r nos. Ar un adeg edrychai mewn drych a gweld Meganna, y wrach o Hadasfforos, y tu ôl iddo. Dro arall, tra oedd yn mynd â Mostyn am dro, daeth ar draws Brett yn sefyll ar y gamfa oedd yn arwain o Lys Undeg i lwybr y traeth. 'Chei di ddim mynd heibio,' meddai Brett yn ei lais cras. Ac yn llaw Brett roedd Botwm y Bwlch, a hwnnw wedi ei anelu'n syth at Mostyn . . .

Cododd Tomos o'r gwely a gwisgo'n araf. Roedd ganddo gwt yn ei ben. *Rhaid i fi fynd am dro i'r traeth i gael tipyn o awyr iach*, meddyliodd. Pan aeth i lawr y grisiau i'r gegin, gwelodd Mam-gu'n eistedd wrth y bwrdd ar ei phen ei hun.

'Dw i wedi dweud wrth dy daid am aros yn y gwely am 'chydig,' meddai. 'Mae'n rhaid iddo gael gorffwys ar ôl diwrnod prysur fel ddoe. Fe allwn ni'n dau fynd i'r dre heddiw i siopa am ddillad ysgol i ti. Mae'n hen bryd i ti gael popeth yn barod.'

'O!' ochneidiodd Tomos.

'Fe awn ni draw i'r fflat i gasglu'r rhestr,' ychwanegodd Mam-gu. 'Mae dy fam wedi egluro i fi'n union lle mae hi.'

Ar y gair, daeth Taid i mewn i'r gegin. Roedd golwg flinedig arno, ond gwenai'r un mor garedig ag arfer ar Tomos.

'Hei, fe wnes i fwynhau'r ffilm yna ddoe,' meddai. 'Os 'ych chi'ch dau'n mynd i siopa, fe af i i roi mwy o drefn ar 'y nghasgliad. Fe ges i wybodaeth ddiddorol iawn gan yr arbenigwr yn y siop 'na yng Nghaerdydd.' Gan gario cwpaned o de yn un llaw a darn o dost yn y llall, diflannodd o'r gegin.

Ymhen pum munud roedd e'n ôl, a golwg ofidus ar ei wyneb.

'Dw i ddim yn deall y peth o gwbl,' meddai. 'Mae darn *arall* o arian ar goll. Ro'n i'n meddwl ddoe mai fi oedd wedi rhoi'r darnau oedd ar goll i lawr yn rhywle ac wedi anghofio amdanyn nhw, ond nawr mae'r darn hanner coron brynais i yn Llanelwedd wedi diflannu hefyd. Dw i'n hollol siŵr 'mod i wedi'i roi e yn un o'r cypyrddau gwydr.' Roedd golwg ddifrifol iawn ar Taid. 'Dw i'n ofni,' meddai'n drist, 'bod rhywun wedi'i ddwyn.'

'Dwyn? Ond pwy?' gofynnodd Tomos yn syn.

'Pwy fyddai'n gwybod beth sy'n werthfawr yn dy gasgliad di?' gofynnodd Mam-gu'n gyflym.

Edrychai Taid yn drist, ac meddai'n anfodlon, 'Wel, roedd M-M yn cymryd diddordeb mawr . . .'

'NA!' llefodd Tomos ar unwaith. 'Fyddai M-M *byth* yn dwyn!'

'Ond pwy arall sy wedi gweld y casgliad?' gofynnodd Mam-gu'n ansicr.

Doedd dim amheuaeth gan Tomos. 'Brett,' meddai'n bendant. 'Fuodd Brett yn dy holi di am yr arian, Taid. Rhaid 'i fod e wedi sleifio i mewn rywbryd a dwyn y darnau sydd ar goll.'

Edrychodd Taid a Mam-gu ar Tomos.

'Wel,' meddai Mam-gu o'r diwedd, 'byddai'n haws o lawer gen i gredu bod Brett yn lleidr nag M-M, ond sut allwn ni brofi unrhyw beth?'

122

Ochneidiodd Taid yn ddwfn. 'Rhaid i mi gadw golwg barcud ar y casgliad o hyn allan,' meddai wrth fynd allan.

Ymhen tipyn, cychwynnodd Mam-gu a Tomos i'r dre, gan anelu'n gyntaf am y fflat i gasglu'r rhestr o ddillad ysgol. Fu dim llawer o sgwrs rhyngddyn nhw ar y daith. Roedd Tomos yn sylweddoli bod Mam-gu'n gofidio am iechyd Taid, ac roedd lladrad y darnau arian yn pwyso'n drwm ar ei feddwl yntau. Teimlai'n siŵr mai Brett oedd yn gyfrifol, a doedd e ddim am i unrhyw amheuaeth syrthio ar M-M. Ond beth allai e 'i wneud?

O fewn hanner awr, roedden nhw y tu allan i'r fflat. Defnyddiodd Tomos ei allwedd i agor y drws, a galwodd Mam-gu, 'Helô? Oes rhywun yma?'

Chafodd hi ddim ateb, ac roedd yn gwbl amlwg nad oedd Wendy a Brett o gwmpas.

'Dywedodd dy fam fod y rhestr y tu ôl i'r ffôn yn y gegin,' meddai Mam-gu. 'Af fi i'w nôl hi.'

Aeth Tomos i'w stafell i gasglu'r llyfrau a rhaglenni gêmau pêl-droed roedd am eu dangos i M-M a Glyn. Pan aeth i'r gegin, roedd wyneb Mam-gu fel taran.

'Edrych ar y llanast ofnadwy 'ma!' meddai. 'Llestri heb 'u golchi, bwyd ar hyd y lle, ôl traed budr ar y llawr, ac ar y bwrdd hefyd, o ran hynny. Welais i 'rioed y fath olwg yn fy myw! Rhaid i mi o leiaf olchi'r llestri. Alla i ddim gadael y gegin fel hyn, neu bydd dy fam o'i cho!'

'Fe wna i helpu,' cynigiodd Tomos.

Tra oedd Mam-gu'n tacluso a llwytho'r peiriant golchi llestri, aeth Tomos i nôl yr hwfyr. Yna'n sydyn cafodd syniad. Roedd hi'n amlwg fod Brett yn treulio llawer o amser yn y fflat gyda Wendy. Os mai ef oedd wedi dwyn y darnau arian, tybed oedd e wedi dod â nhw yma i'r fflat? Ar unwaith, diffoddodd Tomos yr hwfyr a dechrau edrych o'i gwmpas. Doedd dim golwg ohonyn nhw yn y lolfa, ac aeth ymlaen i chwilio yn y cyntedd a'r gegin – a hyd yn oed y stafell ymolchi – ond doedd dim sôn am y darnau arian. *Am siom! Wrth gwrs*, meddyliodd, *gallai Brett fod wedi eu cuddio nhw yn unrhyw le*.

Yn sydyn, clywodd Tomos sŵn allwedd yn y drws a lleisiau Wendy a Brett y tu allan. Aeth Wendy'n syth i'r gegin, a phan welodd Mam-gu'n brysur yn tacluso, cochodd hyd fôn ei gwallt.

'O! Helô! Ro'n i'n bwriadu glanhau a golchi'r llestri heddi,' meddai. 'Ond ro'dd Brett ishe brecwast, ac fe aethon ni allan i siopa . . .'

Doedd dim ots o gwbl gan Brett. 'Haia,' meddai'n llawn hyder. 'Mae Wendy'n mynd i goginio cig moch ac wy i fi. Beth am i chi aros i gael brecwast gyda ni?'

'Dim diolch,' meddai Mam-gu rhwng ei dannedd. Yna, gan anwybyddu Brett yn llwyr, meddai wrth Wendy, 'Dw i'n falch o glywed dy fod ti'n bwriadu tacluso'r lle 'ma. Alla i ddweud yn onest wrth Carys wedyn bod popeth yn iawn. Dere, Tomos,' ychwanegodd. 'Mae'n hen bryd i ni fynd.'

Cododd Tomos ei bethau a dilyn Mam-gu at y drws. Daeth Wendy i'w hebrwng nhw, a Brett yn dal i sefyllian wrth ddrws y gegin. 'Gyda llaw,' meddai Mam-gu'n sydyn, 'mae darnau arian o gasgliad Gruffydd ar goll. Wnaethoch chi ddim digwydd sylwi ar unrhyw beth allan o'i le pan oeddech chi yn Llys Undeg, do fe? Mae Gruffydd yn gofidio'n arw lle gallen nhw fod.'

Syllodd Wendy'n syn ar Mam-gu, ac roedd hi'n amlwg na wyddai hi ddim am y peth. Yna edrychodd Tomos yn gyflym i gyfeiriad Brett, a gwelodd olwg od yn croesi'i wyneb – golwg gyfrwys, slei. A phan sylweddolodd fod Tomos yn edrych arno, cilwenodd Brett . . .

Dw i'n fwy sicr nag erioed mai Brett ydy'r lleidr, ond os na alla i ddod o hyd i'r darnau arian, sut yn y byd y galla i brofi hynny? meddyliodd Tomos.

Taith fer oedd hi o'r fflat i'r siopau. Parciodd Mam-gu'r car ac meddai, 'Dere. Fe awn ni i'r siop dillad ysgol gynta.'

Ych a fi! Roedd yn gas gan Tomos brynu dillad newydd. Yr unig beth oedd yn waeth na phrynu dillad oedd cael torri'i wallt. Dilynodd Mam-gu'n anfodlon i mewn i'r siop, ond yn sydyn clywodd lais merch yn galw arno, 'Haia Tomos!'

Pwy yn y byd . . ? meddyliodd. Meryl oedd yno, ac roedd Glyn gyda hi.

Daeth Glyn draw ar unwaith, yn llawn brwdfrydedd. 'Hei, fe wnes i wirioneddol fwynhau ddoe,' meddai. 'Dyna ffilm orau Steffan Walinski eto! A'r hufen iâ 'na! Waw!' Dechreuodd bwffian chwerthin. 'Ond dw i'n dal i fethu deall sut roedd Cai'n gwybod ble i ddod o hyd i Fotwm y Bwlch . . .'

Erbyn hyn, roedd Meryl wrth eu hochr, ac

meddai, 'Dw i wedi darllen yn rhywle bod Steffan Walinski'n dod i Gaerdydd yr wythnos nesa i hyrwyddo'r ffilm. Mae Mam yn dweud y cawn ni fynd i'w weld, on'd wyt ti, Mam? Ddoi di gyda ni, Tomos?'

Ar y gair, daeth mam Glyn a Meryl draw. Fel yr efeilliaid, roedd ganddi wallt golau, a gwisgai sbectol a phatrwm coch a du arni. Gwenodd yn garedig ar Tomos, gan ddweud, 'Wrth gwrs. Helô, Tomos. Dw i wedi clywed llawer amdanat ti'n barod.'

Trodd at Mam-gu a chyflwyno'i hun, a dechreuodd y ddwy sgwrsio.

Gofynnodd Meryl i Tomos, 'Prynu dillad ysgol wyt ti? Mae Glyn yn dweud dy fod tithau'n mynd i Ysgol Dafydd Morgan ym mis Medi, fel ni. Ti'n edrych 'mlaen?'

Allai Tomos ddim teimlo'n swil am yn hir yng nghwmni Meryl, ac yn fuan roedd yn egluro bod ei ffrindiau i gyd yn mynd i Ysgol y Garn.

'Paid â phoeni,' meddai Meryl yn galonnog, 'fe wnawn ni'n siŵr dy fod ti'n dod i nabod pawb.'

'Wrth gwrs, paid â phoeni,' meddai Glyn. Ychwanegodd yn slei, 'Mae Meryl wedi

sôn amdanat ti'n barod wrth Mari a Glenys a
Nia a . . .'

'Cau dy geg, Glyn,' meddai Meryl yn uchel,
nes tynnu sylw ei mam a Mam-gu Tomos.

'Dewch, blant, mae'n bryd i ni fynd,' meddai
Mrs Davies, 'os ydyn ni am gael diod yn y caffi
cyn mynd adre.' Trodd at Mam-gu gan
ddweud, 'Tybed hoffech chi a Tomos ddod
gyda ni?' Roedd hi'n amlwg fod y ddwy fenyw
eisoes wedi dod yn dipyn o ffrindiau.

Dywedodd Mam-gu y gallai hi a Tomos fynd
yn ôl i'r siop yn nes ymlaen i brynu'r dillad
ysgol, ac yn fuan roedd y pump yn eistedd wrth
fwrdd bambŵ y tu allan i gaffi ger y parc. Er ei
bod hi'n ddiwrnod cymylog, roedd hi'n glòs
iawn a phawb yn falch o fod allan yn yr
awyr agored i gael mwynhau'r awel ysgafn.
Yn sydyn, gwelodd Tomos ei gyfle i holi mam
Glyn am hanes Llys Undeg. 'Sut mae eich
tad-cu heddiw?' gofynnodd yn gwrtais.

'O, mae e'n eitha da, diolch, Tomos,'
atebodd hithau gan wenu.

Aeth Tomos yn ei flaen yn gyflym. 'Pan
welais i e, roedd e'n sôn am rywbeth
ddigwyddodd yn Llys Undeg. Wyddoch chi
unrhyw beth o hanes y tŷ? Byddai Mam-gu a

Taid yn hoffi gwybod, gan 'u bod nhw'n byw yno.'

Trwy gil ei lygad, gwelai Tomos Mam-gu'n syllu'n syn arno, ond aeth ymlaen, 'Y'ch chi'n gwybod hanes bachgen bach oedd yn arfer byw yno? Wyddoch chi beth ddigwyddodd iddo?'

Edrychodd Mrs Davies braidd yn annifyr. 'Dw i ddim yn siŵr . . .' meddai, ond torrodd Meryl ar ei thraws.

'Roedd Tad-cu Daf yn dweud bod y bachgen wedi mynd ar goll, on'd oedd e, Mam,' meddai'n frwdfrydig. 'Beth ddigwyddodd iddo fe?'

'Wel,' meddai Mrs Davies braidd yn anfodlon, 'dw i ddim yn gwybod llawer. Ond dw i'n cofio Mam yn dweud ryw hanes wrtha i pan o'n i'n ferch fach, hanes am deulu fu'n byw yn Llys Undeg ar un adeg – mam a thad, a'u mab oedd tua saith neu wyth oed. Beth oedd 'u henwau nhw nawr . . ?'

'Stanley,' meddai Tomos ar unwaith.

Syllodd Mrs Davies yn syn arno. 'Ie, ti'n iawn – Stanley. Buon nhw'n byw yn y tŷ am flwyddyn neu ddwy ac roedden nhw'n boblogaidd iawn yn y pentre. Roedd ganddyn nhw fachgen bach o'r enw Edward. Fel 'i dad, roedd e'n gwirioni ar geir, ac fe fyddai ganddo bob amser ryw gar tegan yn 'i law. Yna, un diwrnod, aeth y bachgen bach ar goll. Bu pawb yn y pentre'n chwilio amdano am ddyddiau, ond doedd dim sôn amdano yn unman. Roedd Tad-cu'n un o'r rhai aeth allan i'r môr i chwilio. Yna daeth yr heddlu i holi pawb, ond doedd neb yn gwybod dim. Roedd rhieni'r bachgen bach bron â drysu, wrth gwrs, ond roedd rhai pobl gas yn dechrau edrych yn amheus arnyn nhw, fel petaen nhw'n gyfrifol mewn rhyw ffordd. Aeth wythnosau heibio a doedd dim sôn am y bachgen. Yna, un diwrnod, aeth ei dad allan yn ei gar fel y gwnâi bob dydd i chwilio o gwmpas yr ardal, ond fe gafodd ddamwain – gyrru i mewn i goeden neu rywbeth – a chafodd ei ladd yn y fan a'r lle. Ac ymhen y mis roedd ei wraig wedi marw hefyd – wedi torri'i chalon yn llwyr, medden nhw.'

Ddywedodd neb air am funud neu ddau, yna holodd Meryl a'i llais yn crynu, 'Ond beth am y bachgen bach?'

'Sdim sôn wedi bod amdano hyd heddiw,' atebodd ei mam. Trodd at Mam-gu. 'Mae'n ddrwg gen i, do'n i ddim yn bwriadu eich ypsetio chi,' meddai, 'ddylwn i ddim fod wedi sôn . . .'

Edrychai Mam-gu braidd yn welw, ond meddai'n ddigon didaro, 'Peidiwch â phoeni. Hen hanes yw hynna. Fydd e'n poeni dim arnon ni . . .'

Ddywedodd Tomos 'run gair. Ni allai feddwl am ddim ond yr wyneb a welodd yng ngwydr y ffenest, y beic yn y sièd, a'r papur wal yn y cwpwrdd . . .

Roedd hi'n amlwg fod Mrs Davies yn dal i deimlo'n annifyr, ac meddai, 'Mae'n ddrwg gen i, mae'n hen bryd i ni gychwyn am adre. Bydd Tad-cu'n aros amdanon ni . . .'

Ar ôl iddyn nhw ffarwelio, meddai Glyn yn sydyn, 'Hei, Tomos, eglura i fi 'to am Fotwm y Bwlch. Beth yn union ddigwyddodd? Sut roedd Cai'n gwybod ble i chwilio amdano?'

Wedi iddyn nhw ffarwelio â Glyn a Meryl a'u mam, aeth Tomos a Mam-gu'n ôl i'r siop. Mewn amser byr iawn, llwyddon nhw i brynu popeth fyddai Tomos ei angen i gychwyn yn ei ysgol newydd. Prin y gwnaeth Tomos unrhyw sylw o'r broses o gael ei fesur a thrio'r dillad amdano. Roedd ei feddwl yn llawn o hanes Edward Stanley. Ac ar eu ffordd yn ôl i'r car, doedd yna fawr o sgwrs rhyngddo ef a'i fam-gu.

Roedd rhywbeth yn poeni Mam-gu hefyd, ac meddai'n dawel o'r diwedd, 'Sdim angen sôn gair wrth Taid am yr hyn ddywedodd Mrs Davies am hanes Llys Undeg, Tomos. Hen hanes yw e, ac mae'n well gadael llonydd i hen hanes weithiau . . . Mae Taid yn gofidio digon yn barod am y darnau arian sy ar goll . . .' Roedd ôl straen yn amlwg yn llygaid Mam-gu.

Wrth i'r holl wybodaeth newydd chwythu fel storm drwy ei feddwl, roedd Tomos wedi anghofio am y darnau arian. *Does gen i ddim syniad lle maen nhw*, meddyliodd yn rhwystredig. *Trueni na allwn i ddod o hyd iddyn nhw, fel y llwyddodd Cai i ddod o hyd i Fotwm y Bwlch*. Ar ei waethaf, gwenodd wrth gofio am ddryswch Glyn. Pam nad oedd e'n gallu deall rhesymu Cai? Roedd Taid wedi egluro hyn yn glir iddo ddoe. Roedd Cai'n chwilio am Fotwm y Bwlch yn stafell Carita am mai dyna'r lle mwyaf annhebygol yn y palas i'w guddio – yn stafell yr un roedd Meganna'n ei chasáu.

Dechreuodd Tomos feddwl. Pe bai'r darnau arian yn y fflat, ble oedd y lle mwyaf annhebygol y gallen nhw fod? Ble fyddai Brett leiaf tebygol o'u cuddio nhw? Pwy oedd Brett yn ei gasáu? Fel fflach, daeth yr ateb! *Fi, wrth gwrs! Fyddai neb yn dychmygu chwilio yn fy stafell i am rywbeth roedd Brett wedi'i ddwyn!* Cofiodd fel roedd Brett yn cilwenu'n slei arno. *Dw i'n siŵr 'mod i'n iawn*, meddyliodd Tomos. *Mi a' i i chwilio cyn gynted ag y galla i.*

Stopiodd yn ei unfan. 'Ym, Mam-gu,' meddai, 'Dw i wedi gadael rhywbeth ar ôl yn y fflat. Allwn ni alw yno eto ar y ffordd adre?'

Edrychodd Mam-gu braidd yn flin arno. 'Mae'n mynd yn hwyr,' atebodd, 'ac mae'n rhaid i mi siopa am fwyd. Byddwn ni'n siŵr o ddod i'r dre eto cyn bo hir. Beth am i ni alw yn y fflat bryd hynny?'

'Sori, Mam-gu,' mynnodd Tomos. 'Rhaid i fi fynd yn ôl nawr. Dw i . . . ym . . . dw i wedi addo mynd â rhywbeth 'nôl i Glyn.' Doedd e ddim yn hoffi dweud celwydd wrth Mam-gu, ond . . .

Mwmianodd Mam-gu rywbeth yn anfodlon, ond cytunodd i fynd â Tomos yn ôl. Ymhen dim, roedden nhw'n gyrru i gyfeiriad y fflat unwaith eto.

'Does dim rhaid i ti ddod i mewn,' meddai Tomos wrth Mam-gu. 'Fydda i ddim yn hir.'

Rhedodd i fyny'r grisiau i'r fflat ac agor y

drws yn dawel â'i allwedd. Teimlodd bigyn o ofn yn ei fol – doedd e ddim eisiau dod ar draws Brett eto. Clustfeiniodd. Roedd sŵn teledu'n dod o'r lolfa. *O na! Rhaid fod Wendy a Brett yno.* Cerddodd ar flaenau'i draed i'w stafell wely a mynd i mewn gan gau'r drws yn dawel ar ei ôl. Edrychodd o'i gwmpas. *Ble yn y byd ddylwn i ddechrau chwilio?* Aeth at y silff lyfrau. Doedd dim byd yn wahanol yno. Edrychodd ar ddesg y cyfrifiadur. Na, doedd dim byd o'i le yno chwaith. Beth am y bwrdd wrth ochr y gwely? Popeth yr un fath ag arfer. Llifodd ton o siom dros Tomos. *Rhaid 'mod i'n anghywir,* meddyliodd. *Syniad gwirion oedd e beth bynnag.* Roedd ar ei ffordd allan, a'i law ar fwlyn y drws, pan sylwodd ar y pentwr gêmau cyfrifiadur ar silff y ffenest. Yn eu plith roedd bocs cardfwrdd bychan. *Dw i erioed wedi gweld hwnna o'r blaen*, meddyliodd. Aeth draw at y ffenest, codi'r bocs a'i agor.

Y tu mewn iddo roedd yr hanner coron Fictoria 1841 roedd Taid wedi'i brynu yn Llanelwedd, a nifer o ddarnau eraill o arian.

Syllodd Tomos arnyn nhw, yn methu credu'r hyn roedd e'n ei weld. Roedd e'n casáu Brett fel bwli creulon, ond nawr gwyddai ei fod yn lleidr hefyd. Doedd e ddim yn siŵr beth ddylai e ei wneud nesa. Gadael y bocs lle roedd e a dweud wrth Taid? *Na*, meddyliodd, *beth petai Brett yn symud y bocs yn y cyfamser?* Estynnodd Tomos grys-T o'i gwpwrdd dillad a lapio'r bocs ynddo. Agorodd y drws yn dawel a chychwyn yn ôl ar flaenau'i draed tuag at y drws, a'r crys-T a'r bocs yn ei law.

Yr eiliad honno agorodd drws y lolfa a gallai Tomos glywed Brett a Wendy'n siarad.

Ciliodd yn ôl o'r golwg yn gyflym a chlustfeinio.

'Brysia,' meddai llais cras Brett, 'gwna frechdan i fi – dw i ishe mynd draw i Lys Undeg 'to.'

'O na,' meddai Wendy. 'Dw i ddim yn meddwl bod mam-gu Tomos yn fodlon i ni fynd.'

'Twt,' atebodd Brett, 'beth yw'r ots am yr hen wrach? Dw *i* ishe mynd . . . a ti'n dod gyda fi. Deall? Dw i'n ffansïo mynd i'r pwll nofio 'to, a dw i ishe gweld pa ddarnau arian eraill sy gan yr hen foi yn ei gasgliad.'

'Pam? Beth yw dy ddiddordeb di yn y casgliad arian?' holodd Wendy'n syn.

'Meindia dy fusnes,' atebodd Brett yn sarrug. 'Nawr 'te, beth am frechdan salami arall?

Ti'n gwbod gyment dw i'n 'u hoffi. Sleisen drwchus o fara, a digonedd o saws brown. Oes rhagor o *Coke* 'da ni?'

Gwyliodd Tomos o'i guddfan nes i Wendy a Brett ddiflannu i'r gegin. Yna gwelodd ei gyfle a rhedeg yn ysgafn ar flaenau'i draed at y drws ffrynt. Roedd e'n mynd i lwyddo i ddianc heb iddyn nhw sylwi! Roedd ar fin agor y drws pan edrychodd yn ôl i gyfeiriad y gegin . . .

CRASH! Trawodd braich Tomos yn erbyn y bwrdd bach wrth y drws lle roedd Mam wedi gosod powlen Tseineaidd yn llawn petalau. Syrthiodd y bowlen i'r llawr, ond wnaeth Tomos ddim oedi eiliad. Ciciodd y bwrdd a'r bowlen o'r ffordd a diflannu trwy'r drws. Yr un eiliad, clywodd sŵn traed yn dod o'r gegin a Wendy'n galw, 'Pwy sy 'na?'

Rhedodd Tomos nerth ei draed i lawr y grisiau ac allan o'r adeilad. Prin y gwnaeth e anadlu nes iddo gyrraedd car Mam-gu. Roedd y bocs bach cardfwrdd yn y crys-T yn ddiogel dan ei fraich. *Rydw i wedi llwyddo!* meddai wrtho'i hun.

9

Syllodd Mam-gu'n syn wrth i Tomos neidio i mewn i'r car a'i wynt yn ei ddwrn, gan ddweud, 'Brysia! Tania'r injan ar unwaith!'

'Pwy wyt ti'n meddwl ydw i? Lewis Hamilton? Beth yw dy frys di 'ta beth?'

'Eglura i wedyn. Plîs, Mam-gu!'

Heb ddadlau rhagor, taniodd hithau'r injan a chyn bo hir roedden nhw'n rhan o'r llif traffig oedd yn gadael y dref. Edrychodd Tomos yn ôl trwy'r ffenest gefn, ond doedd dim golwg o Wendy na Brett. Tybed oedd Wendy wedi ei weld? Tybed fyddai Brett yn sylweddoli beth oedd wedi digwydd?

Roedd meddwl Tomos yn chwyrlïo. Yna fflachiodd syniad arall i'w ben. *Roedd Brett yn sôn am fynd i Lys Undeg – ac mae Taid yno ar ei ben ei hun! Beth petai Brett yn sylweddoli bod y darnau arian wedi diflannu o'r fflat?*

*Beth petai e'n meddwl bod Taid yn gwybod
mai ef oedd y lleidr? Beth petai'n rhuthro i Lys
Undeg . . ?*

'Brysia, Mam-gu!' meddai Tomos.

'Be sy'n bod arnat ti, Tomos?' atebodd
hithau'n flin. 'Ti ishe i'r heddlu 'nal i'n goryrru
'to? Mae gen i dri phwynt ar 'y nhrwydded
yn barod!'

Ceisiodd Tomos reoli ei banig. 'Mam-gu,'
meddai, 'pan es i'n ôl i'r fflat, fe ddois i o hyd
i'r darnau arian mae Taid wedi'u colli. Dw i'n
siŵr nawr mai Brett yw'r lleidr.'

Bu bron i Mam-gu yrru i mewn i'r car o'i
blaen. 'Ble oedd yr arian?' holodd mewn llais
llawn pryder. 'Sut lwyddest ti i ddod o hyd
iddo fe?'

'Fe eglura i hynny'n nes ymlaen. Ond dyma'r
peth pwysicaf . . .' Stopiodd Tomos am eiliad i
dynnu anadl. Roedd ei galon yn curo'n gyflym.
'Fe glywais i Brett a Wendy'n siarad. Mae Brett
yn bwriadu dod draw i Lys Undeg. Mae'n
rhaid i ni gyrraedd yno o'u blaenau nhw, er
mwyn rhybuddio Taid . . .'

'O, na! Ffonia dy daid ar unwaith!' ebychodd
Mam-gu.

'Ond sdim ffôn yn Llys Undeg, ac mae'r ffôn symudol gen ti. Sdim ffôn gan Taid.'

Roedd golwg benderfynol ar wyneb Mam-gu. 'Reit!' meddai. Roedden nhw wedi gadael y dre erbyn hyn, a'r ffordd i Lan y Mordraeth yn glir o'u blaenau. Gwasgodd Mam-gu'r sbardun . . . Caeodd Tomos ei lygaid . . . Roedden nhw'n ôl yn Llys Undeg o fewn dim amser.

Sgrialodd y car i stop ar y cerrig mân o flaen y plasty. Neidiodd Mam-gu allan mewn chwinciad a rhedeg tuag at y drws ffrynt.

'Gruffydd!' galwodd. Ond roedd pobman yn dawel.

Neidiodd Tomos allan hefyd ac edrych o'i gwmpas. Doedd dim golwg o Taid yn unman. Yna clywodd sŵn cyfarth yn dod o gyfeiriad y pwll nofio.

'Mostyn!' galwodd Tomos, gan redeg heibio'r hen dderwen tuag at y pwll.

Roedd Taid yn eistedd ar y teras yn un o'r cadeiriau gardd cyfforddus.

'Haia!' meddai gan wenu pan ymddangosodd Tomos. Yna, pan welodd Mam-gu'n dynn ar ei sodlau, yn pwffian yn drwm, dechreuodd chwerthin.

'Cael ras 'ych chi?' gofynnodd.

Methodd Tomos ag ateb am ychydig, gan fod Mostyn yn ei groesawu adre fel pe bai wedi bod i ffwrdd ers misoedd. Trodd Mostyn at Mam-gu.

'Cer lawr, y ci dwl,' siarsiodd hithau, gan geisio'i rwystro rhag llyfu ei hwyneb.

Yna dangosodd Tomos y bocs bach cardfwrdd i Taid, a bu bron i'w lygaid neidio allan o'i ben. Yn gyflym, eglurodd Tomos i Taid a Mam-gu ymhle roedd wedi dod o hyd i'r bocs. Aeth ymlaen i adrodd air am air yr hyn ddywedodd Brett ynghylch dod i Lys Undeg. Pan soniodd fod Brett wedi cyfeirio ati fel 'yr hen wrach', bu bron i Mam-gu dagu yn ei thymer.

'Dw i'n mynd i ffonio'r heddlu ar unwaith, Gruffydd,' meddai ar ôl i Tomos orffen.

Roedd Taid wedi bod yn gwrando'n dawel, ac yn awr meddai, 'Os daw Brett yma, fe wna i siarad ag e wyneb yn wyneb am y peth. Os nad ydw i'n hapus â'r hyn sy ganddo i'w ddweud, fe gei di ffonio'r heddlu bryd hynny.'

'Ond Gruffydd . . .' dechreuodd Mam-gu.

'Na, Elen,' meddai Taid yn bendant, 'rhaid i'r crwt gael cyfle i ateb drosto'i hun.'

Allai Tomos ddim peidio ag edmygu Taid am fod mor deg, ond cyn i neb gael cyfle i ddweud gair pellach, dyma nhw'n clywed sŵn car yn teithio'n gyflym tuag at y tŷ. Car hir, llwyd oedd e. Car Brett.

Dechreuodd Taid gerdded yn hamddenol heibio i'r dderwen at y dreif, a Mam-gu a Tomos yn ei ddilyn. Gafaelodd Tomos yng ngholer Mostyn, oherwydd gwyddai y byddai'n siŵr o gyfarth ar yr hen goeden wrth fynd heibio iddi. Roedd car Brett wedi'i barcio o flaen y tŷ, ac erbyn i Taid a Mam-gu a Tomos gyrraedd y dreif roedd Brett yn llamu i fyny'r grisiau tuag at y drws ffrynt. Safai Wendy wrth y car yn syllu ar ei ôl.

'Helô,' meddai Taid yn gwrtais. Neidiodd Wendy a throi'n gyflym. Roedd golwg syn ar ei hwyneb.

Dyw hi ddim yn gwybod beth sy'n digwydd, meddyliodd Tomos. *Mae'n amlwg nad yw Brett wedi clywed Taid yn ei gyfarch. Mae e bron â chyrraedd y drws. I ble mae e'n mynd ar y fath frys, tybed?*

'Brett!' galwodd Taid mewn llais uchel, awdurdodol. Y tro hwn, clywodd Brett a throi ar ben y grisiau. Ymddangosai'n hollol hyderus ac mor haerllug ag arfer. Sylweddolodd Tomos yn sydyn nad oedd e'n gwybod fod Taid wedi cael y darnau arian yn ôl.

'Haia bawb,' meddai Brett yn haerllug gan gerdded i lawr y grisiau'n jocôs. 'Ro'n i'n mynd i chwilio amdanoch chi yn y tŷ.' Yn sydyn, meddyliodd Tomos, *Tybed ydy e ar ei ffordd i stafell y casgliad, i ddwyn rhagor o'r arian?* Aeth Brett ymlaen. 'Mae Wendy a fi wedi dod draw i nofio 'to. Iawn?' Roedd wedi cyrraedd y car erbyn hyn ac agorodd y drws cefn i estyn rhywbeth allan ohono. Gwelodd Tomos becyn o ganiau cwrw. 'Wendy,' gorchmynnodd Brett. 'Dere di â'r radio.'

'Brett!' meddai Taid yn dawel. 'Hoffwn i gael gair â chi'n gynta.'

'Dere draw gyda ni i'r pwll 'te. Gymeri di gan o gwrw?'

Doedd Brett ddim fel petai'n deall bod unrhyw beth o'i le. Sylwodd Tomos ar Wendy'n edrych yn gyflym ar Taid a Mam-gu ac yna ar Tomos.

'Brett . . .' dechreuodd.

Chymerodd Brett ddim sylw ohoni, dim ond dechrau cerdded tuag at y pwll. Dilynodd Wendy ef yn ansicr.

'Brett!' meddai Taid yn glir. 'Dw i ishe gair

gyda chi fan hyn, nawr. Neu fe fydda i'n ffonio'r heddlu.'

Stopiodd Brett. 'Ffonio'r heddlu? Ocê, ocê!' meddai'n biwis. 'Beth sy'n bod?' Stopiodd ar y dreif, a'r caniau cwrw yn ei freichiau, gan syllu'n herfeiddiol ar Taid. Am y tro cyntaf gwelodd Tomos olwg ansicr yn ei lygaid.

'Sawl gwaith yn ddiweddar,' meddai Taid, 'ry'ch chi wedi bod yn edrych ar y casgliad darnau arian gyda fi. Erbyn bore ddoe roedd rhai ohonyn nhw wedi diflannu. Yn Llanelwedd fe brynais i hanner coron gwerthfawr. Mae hwnnw wedi diflannu nawr hefyd.'

'Pam dweud wrtha i?' gofynnodd Brett mewn llais uchel. 'Ti'n 'y nghyhuddo i o'u dwyn nhw? Sdim hawl gyda ti i wneud y fath beth. Falle mai ti dy hun sy wedi'u colli nhw, neu bod y llipryn bach acw wedi mynd â nhw.' Edrychodd yn gas ar Tomos. 'Fe ddyweda i wrth Dad, ac fe gaiff e ffonio'i gyfreithiwr . . .'

'Ond dw i wedi cael yr arian yn ôl . . .' meddai Taid, gan ddangos y bocs cardfwrdd.

Bu bron i lygaid Brett neidio allan o'i ben. 'Shwt gest ti . . .' Yna cnodd ei dafod, gan sylweddoli ei fod ar fin dangos ei fod yn euog. 'Hwnna yw'r arian gollest ti? Ti wedi

dod o hyd i'r cwbl! Grêt! Beth yw'r broblem
'te?'

Roedd Tomos o'i go. Anghofiodd ei fod yn
ofni'r bwli, ac meddai, 'Fi ddaeth o hyd i'r
arian. Yn y fflat, yn fy stafell i. A ti guddiodd
e yno.'

Cochodd wyneb Brett yn ei dymer. 'Y diawl
bach! Gad dy gelwydd,' meddai'n fygythiol.
'Aros nes i fi gael gafael arnat ti . . .'

Camodd tuag at Tomos, ond symudodd Taid
rhyngddyn nhw'n gyflym.

'Reit,' meddai Mam-gu. 'Dyna ddigon. Dw
i'n ffonio'r heddlu NAWR.'

Tynnodd ei ffôn allan a dechrau pwyso'r
rhifau.

Yna digwyddodd popeth ar unwaith. Gan
sylweddoli ei bod ar ben arno, trodd Brett ar ei
sawdl a rhedeg am y car.

'Brett!' galwodd Wendy. 'Ble ti'n mynd? Aros
amdana i!'

Neidiodd Brett i mewn i'r car a thanio'r
injan.

Yr eiliad honno, llanwyd yr awyr â fflach
drydanol o fellt. Roedd y storm wedi torri o'r
diwedd. Dechreuodd fwrw glaw. Teimlodd
pawb ddiferion mawr yn gyntaf, yna tywalltodd

y glaw fel pistyll o'r awyr, a sŵn taranau'n dilyn y fellten.

'Brett!' sgrechiodd Wendy.

Chymerodd Brett ddim sylw ohoni, gan roi tro pedol i'r car ar y cerrig mân. Sgrialodd yr olwynion, a bu bron i Brett golli rheolaeth ar y llyw. Ceisiodd Mam-gu gysgodi dan y coed. Daliai Tomos goler Mostyn; roedd hwnnw'n anesmwyth yn y mellt a'r taranau. Ac roedd e'n casáu'r hen goeden yna . . . Yn sydyn, rhoddodd blwc anferth i'w goler a rhyddhau ei hun o afael Tomos.

Safai Wendy ar ganol y dreif, a'r glaw yn llifo drosti. 'Brett!' sgrechiodd eto.

Newidiodd Brett y gêrs yn swnllyd a phlannu ei droed ar y sbardun nes bod y car llwyd yn neidio ymlaen.

Yn sydyn gwaeddodd Tomos, 'Wendy!'

Roedd Brett yn mynd i'w tharo hi! Neidiodd Tomos tuag ati. Rhaid iddo geisio'i gwthio hi allan o'r ffordd! Dilynodd Mostyn ef. Roedd y tri ohonyn nhw ar y dreif, ar y tro yn ymyl yr hen dderwen. Gyrrodd Brett yn syth tuag atyn nhw. Roedd Wendy fel petai wedi'i pharlysu gan ofn . . . Gwthiodd Tomos hi oddi ar y dreif a llamodd Mostyn ar ei hôl.

Ar yr eiliad olaf, ceisiodd Brett eu hosgoi nhw a throdd y llyw yn sydyn. Sgrialodd yr olwynion i un ochr – roedd Brett wedi colli rheolaeth ar y car. Wnaeth e ddim taro Wendy na Mostyn, ond methodd ag osgoi Tomos a chafodd e ei daflu i'r awyr. Glaniodd ar y glaswellt gwlyb a gorwedd yno heb symud.

Wrth i Mam-gu a Taid ruthro tuag at Tomos, trawodd y car mawr llwyd yn erbyn yr hen dderwen â CHRASH! ofnadwy, gan hollti'r goeden yn ei hanner. Am eiliad, dim ond sŵn y glaw yn pistyllio a hisian injan y car yn berwi oedd i'w glywed, cyn i gorn y car ddechrau canu'n ddi-baid.

Yn araf, araf, cwympodd darn mawr o'r goeden i un ochr. A dechreuodd Mostyn gyfarth, a chyfarth, a chyfarth . . .

10

Pan ddeffrodd Tomos o'r diwedd, roedd hi'n dywyll ac yn dawel. Ceisiodd droi ar ei ochr. Awww! Roedd ei ysgwydd yn brifo.

'Tomos? Ti ar ddihun?' Llais cyfarwydd. Llais Mam. Mam?

Agorodd Tomos ei lygaid a gweld ei fod mewn stafell ddieithr. Gorweddai mewn gwely gwyn ac roedd offer meddygol ymhobman.

'Mae e wedi deffro! Gwell i fi ffonio Gruffydd!' meddai llais arall, yn llawn cyffro.

'Mam-gu?'

'Haia, Tomos.' Ceisiai Mam-gu swnio'n ddidaro, ond gallai Tomos weld dagrau yn ei llygaid.

'Pam wyt ti'n crio, Mam-gu?'

'Dw i jest mor hapus dy fod ti wedi deffro, pwt. Daria, dyw'r hen ffôn 'ma ddim yn gweithio heno 'to.'

'Fe ffonia i Dad yn y funud,' meddai Mam. 'Sut wyt ti'n teimlo, Tomos?'

'Iawn . . . dw i'n credu.' Erbyn hyn roedd Tomos yn dechrau dod ato'i hun. 'Pam wyt ti yma, Mam? Beth am Fanceinion?'

Gwenodd Mam. Roedd dagrau yn ei llygaid hithau hefyd. 'Ishe gweld dy fod ti'n iawn, wrth gwrs.'

'Beth am Taid?' holodd Tomos. 'A Mostyn? A Wendy?'

'Maen nhw i gyd yn iawn,' meddai Mam-gu.

Daeth nyrs i mewn, ac meddai, 'Reit, dyna ddigon o siarad am y tro. Mae angen i ti orffwys, Tomos.'

Caeodd ei lygaid . . .

Pan ddeffrodd Tomos y bore wedyn, teimlai'n llawer gwell. Llifai golau'r haul i mewn trwy ffenest ei stafell, ac roedd sŵn bywyd bob dydd yr ysbyty'n mynd yn ei flaen o'i gwmpas. Daeth nyrs â brecwast iddo, a llowciodd y cyfan yn awchus. Yna, ymhen tipyn, daeth meddyg i'w archwilio.

'Wel,' meddai hi gan wenu, 'dw i'n credu y cei di fynd adre heddiw, Tomos. Rhaid i ti gymryd gofal o'r ysgwydd 'na, wrth gwrs, a dod yn ôl i'n gweld ni yr wythnos nesa.'

Ymhen yr awr, daeth Taid i'w gasglu i fynd ag e adref. Pan gyrhaeddodd, roedd Tomos yn eistedd ar y gadair wrth ochr ei wely'n aros amdano. Roedd wedi gwisgo'n barod, a'i ysgwydd mewn sling. Edrychai'n welw, ond gwenodd yn hapus ar Taid a dechrau ei holi ar unwaith, 'Dw i 'di bod yn meddwl. Beth yn union ddigwyddodd? Dw i ddim yn gallu cofio rhyw lawer . . .'

Chwerthin wnaeth Taid. 'Gan bwyll,' meddai, 'gei di glywed yr hanes i gyd yn y man.'

Ar ôl iddyn nhw gyrraedd y car, meddai Taid, 'Gwell i ti eistedd yn y sedd gefn. Byddi di'n fwy cyffyrddus yno. Ac fe gei di lonydd am unwaith hefyd,' ychwanegodd, 'achos mi benderfynais beidio dod â Mostyn gyda fi. Mae e ar bigau'r drain ishe dy weld di!'

Ar ôl iddyn nhw adael strydoedd prysur y dre, dechreuodd Taid adrodd yr hanes.

'Ar ôl i'r car dy daro di, fe ffoniodd dy fam-gu 999 ar unwaith, wrth gwrs, ac fe ddaeth yr heddlu a'r ambiwlans. Ffoniodd hi dy fam hefyd, ac fe ddaeth hi a Dafydd adre ar frys. Aeth yr ambiwlans â ti i'r ysbyty, ac fe aeth dy fam-gu gyda ti.

'Yna, aeth yr heddlu a fi i edrych ar y car oedd wedi taro'r goeden. Doedd Brett ddim wedi'i anafu, ond roedd golwg ofnadwy ar y car – car 'i dad oedd e, wrth gwrs – a dw i'n credu y bydd hi'n ddrwg rhwng y ddau ohonyn nhw am beth amser! Daeth 'i dad draw ac fe ges i sgwrs ag e. Dywedais 'mod i'n amau'n gryf mai Brett fu'n dwyn 'y narnau arian i, ond nad o'n i am fynd â'r mater ymhellach. Roedd 'i dad yn ddiolchgar iawn am hynny. Gyda llaw, ges i alwad oddi wrth rywun dw i'n 'i nabod sy'n cadw siop hen bethau yn Llanelli. Roedd dyn ifanc wedi bod yno'n cynnig gwerthu darn hanner coron Fictoria 1841 iddo, ac roedd fy ffrind yn meddwl y byddai gen i ddiddordeb mewn prynu'r darn. A dw i'n siŵr, o'i ddisgrifiad, mai Brett oedd y dyn ifanc, ac mai fy hanner coron i roedd e'n trio'i werthu . . .'

Bu Taid yn dawel am sbel, a gallai Tomos weld eu bod yn nesáu at bentref Glan y Mordraeth erbyn hyn.

'Dw i'n credu,' meddai Taid yn ddifrifol,

'y byddai'n well i fi dynnu i mewn i ochr y ffordd i egluro'r rhan nesaf.' Stopiodd y car a throi yn ei sedd i wynebu Tomos. Ar ôl eiliad neu ddwy dechreuodd siarad eto. 'Soniais i am y dderwen. Fe holltodd hi yn y ddamwain – rhaid bod rhan ohoni wedi marw beth bynnag. A dweud y gwir, mae dau ddyn newydd gyrraedd heddiw i'w gwneud hi'n ddiogel. Syrthiodd darn mawr ohoni i'r ddaear, a'r tu mewn i fôn y goeden fe ddaeth yr heddlu o hyd i esgyrn.'

Doedd Tomos ddim yn deall. 'Esgyrn? Esgyrn beth – anifail neu rywbeth?'

'Nage,' atebodd Taid yn anfodlon braidd. 'Nid esgyrn anifail. Esgyrn plentyn. Sgerbwd bachgen bach. Mae'r heddlu wedi mynd ag e i ffwrdd nawr. Maen nhw'n dal i ymchwilio, ond mae'n edrych yn debyg mai sgerbwd bachgen bach oedd yn arfer byw yn Llys Undeg yw e, bachgen o'r enw . . .'

'Edward Stanley,' meddai Tomos ar unwaith.

Edrychodd Taid yn syn arno. 'Shwt wyt ti'n gwybod?'

'O, clywed pobl yn siarad,' meddai Tomos yn ddidaro.

Aeth Taid yn ei flaen, 'Roedd tegan bach

yn y goeden gyda'r sgerbwd. Car bach metel. Ac mae hen bobl leol yn dweud mai car bach metel oedd hoff degan Edward Stanley. Rhaid fod y bachgen bach wedi syrthio i mewn i'r goeden wrth ei dringo neu wrth chwarae ar y canghennau. Falle 'i fod e wedi cael niwed ac wedi methu galw am help. Beth bynnag, sdim modd gwybod bellach beth yn union ddigwyddodd.'

'Beth fydd yn digwydd iddo nawr?'

'Wn i ddim. Mae'n debyg y dylai gael ei gladdu yn rhywle . . .'

'Gyda'i rieni ym mynwent eglwys Glan y Mordraeth,' mynnodd Tomos ar unwaith. 'Ti'n gweld, Taid . . .' A dywedodd Tomos yr hanes i gyd – y digwyddiadau rhyfedd yn ei stafell, yr wyneb yn y ffenest, y teimlad fod rhywun yn ei wylio . . .

Gwrandawodd Taid yn astud, yna meddai'n dawel, 'Dw i'n cytuno. Mae'n hen bryd i Edward Stanley gael gorwedd yn dawel gyda'i rieni. Ac fe wnawn ni'n dau'n siŵr fod hynny'n digwydd.' Syllodd Tomos a Taid ar ei gilydd.

Yn sydyn canodd ffôn Tomos, yna diffodd ar unwaith. 'Mam-gu sy 'na,' meddai gan chwerthin.

'Ishe gwybod ble 'yn ni, siŵr o fod,' meddai Taid. 'Gwell i ti 'i ffonio hi'n ôl. Mae hi fel ffair yn Llys Undeg. Mae dy fam yno, wrth gwrs, ac mae M-M yn galw heibio bob hanner awr i weld shwt wyt ti ac i gynnig mynd â Mostyn am dro. Ac mae Glyn wedi bod yno gyda'i chwaer, yn holi pryd gân nhw ddod i dy weld ti. A Wendy druan. Mae hi wedi mynd nawr, ond roedd hi ishe ffarwelio â ti . . .'

'Ffarwelio? I ble mae hi wedi mynd?'

'Wel, fe benderfynodd hi fynd yn ôl i Aberystwyth i chwilio am waith dros yr haf. Dyw hi ddim ishe aros gartref gyda'i thad i ffwrdd mor aml, ac all hi ddim aros yn y fflat, wrth gwrs. Dywedodd dy fam-gu wrthi y byddai croeso iddi ddod am dro i'n gweld ni unrhyw bryd. Druan ohoni, fe wnaeth Brett ei siomi hi'n ofnadwy.'

Canodd y ffôn eto ac atebodd Tomos ar unwaith. 'Helô, Mam-gu.'

'Tomos? Ydy popeth yn iawn? Shwt mae dy ysgwydd di? Chi ar eich ffordd? Methu deall ble roeddech chi o'n i.'

'Ydy, mae popeth yn iawn. Byddwn ni adre cyn bo hir.'

'Mae M-M 'di bod yma *eto*'n holi amdanat

ti. Ac mae Mostyn yn 'y ngyrru i'n wallgo. Ydy Taid wedi sôn am y cynllun?'

'Pa gynllun?'

'O daria'r ffôn 'ma!' A diflannodd llais Mam-gu oddi ar y lein eto.

'Pa gynllun oedd Mam-gu'n sôn amdano?' holodd Tomos.

Syllodd Taid arno, yna dechrau siarad eto. 'Wel, mae gen i rywbeth arall i'w ddweud wrthot ti hefyd. Daeth dy fam adre o Fanceinion ar ras, wrth gwrs, ar ôl clywed beth ddigwyddodd. Roedd hi'n poeni'n ofnadwy amdanat ti. Ac yna, ar ôl iddi hi a dy fam-gu ddod adre o'r ysbyty, fe gawson ni drafodaeth hir. Mae dy fam a Dafydd wedi ennill y cytundeb ym Manceinion. Sdim amheuaeth, mae Carys yn dda iawn yn ei gwaith – ry'n ni'n falch iawn o'i llwyddiant hi. Ond mae'r gwaith yn golygu ei bod hi'n gorfod treulio llawer o amser ym Manceinion, ac roedd hi'n mynnu neithiwr y byddai hi'n rhoi'r gorau i'w swydd oherwydd y byddai'n annheg i ti.

'Ond doedd dy fam-gu a fi ddim yn fodlon iddi wneud hynny, ac fe wnaethon ni awgrymu cynllun fel hyn. Gan y byddwn ni'n byw yng Nglan y Mordraeth, gallet ti fyw yma gyda ni pan fydd dy fam i ffwrdd. Wedi'r cyfan, mae dy ysgol newydd di'n agos, ac rwyt ti wedi gwneud ffrindiau yma'n barod . . .' Edrychodd trwy gil ei lygad ar Tomos. 'Wrth gwrs, falle y byddai'n well gyda ti fyw yn y dre . . .'

Syllodd Tomos ar Taid, gan geisio cael y syniad yn glir yn ei feddwl. 'Byw gyda ti a Mam-gu?'

'A Mostyn.'

'Yn Llys Undeg?'

'Wel, rhentu Llys Undeg 'yn ni ar hyn o bryd wrth gwrs, ond dw i'n dechrau hoffi'r lle, ac mae dy fam-gu a fi'n ystyried 'i brynu fe. Ond wrth gwrs, os nad wyt ti'n hoffi'r syniad, neu os wyt ti'n ofnus neu'n anniddig ar ôl y pethau rhyfedd ddigwyddodd . . .'

'Ond mae hynna i gyd drosodd nawr. Dyw Edward Stanley druan ddim ar goll bellach.' Roedd llygaid Tomos yn disgleirio. 'O, Taid! Alla i ddim meddwl am ddim byd gwell na byw gyda chi yn Llys Undeg!'

Gwenodd Taid. 'Bant â ni am adre 'te.'

Gorweddodd Tomos yn ôl yn sedd gefn y car. Roedd ei ysgwydd yn dechrau brifo eto, ond doedd hynny'n ddim o ystyried yr holl bethau syfrdanol roedd ganddo i feddwl amdanyn nhw – dirgelwch Llys Undeg wedi'i ddatrys, Brett wedi diflannu am byth, a haf cyfan yn ymestyn o'i flaen, i'w fwynhau yng nghwmni M-M a Glyn – a Meryl hefyd, falle?

Wrth iddyn nhw yrru ar hyd y dreif, gwelodd y dynion yn gweithio ar yr hen dderwen. Gwelodd y plasty bach o'i flaen, yn hardd yn heulwen canol dydd. Edrychodd i fyny at ffenest ei stafell wely. Roedd popeth yn llonydd.

'Hwyl i ti, Edward Stanley,' meddai Tomos yn dawel. 'Mae popeth yn iawn nawr!'